褚夫玮 著

不容出外

作家出版社

目录

001　**序言** | 平中出奇　异彩纷呈　贺茂之
006　**自序** | 不虚此行　褚夫玮

001　**第一辑** | 诗歌卷
003　门外的风景（组诗）
　　　门外的风景是否很美　003
　　　男人心里都藏着个小妖精　004
　　　前后　007
　　　想念　008
　　　京都在前，故乡在后　009
012　人生如棋（组诗）
　　　围棋透视　012
　　　一招疏忽　013
　　　治孤　015
　　　腾挪　016
019　2020年的诗情（短诗12首）

1

025	**人生三味（组诗）**	
	诱惑	025
	想你	026
	牵手	027
029	**北漂手记（组诗）**	
	状态	029
	邂逅	031
	等候	032
	失误	032
	燃信	033
	苍蝇	034
	住院	036
038	**艳歌（组诗）**	
	艳歌	038
	骨子里的爱情无法躲闪	039
	想你如歌	040
	神秘女郎	041
	五分钟的爱情	042
	致远方的你	043
	能否见一面	045
	想你的日子	046
	一帘幽梦	046
	女儿看不上我的诗	047

目录

049　**人间烟火（组诗）**

　　五十岁偶感　049

　　不能因为疾病影响前程　051

　　悼同学　053

　　那年那月　055

　　八一湖的风景　057

　　假如岁月可以重来　058

　　无可奈何　059

061　**不枉此生（组诗）**

　　悬念　061

　　愿景　063

　　梦境　064

　　写诗　066

　　另外一种感觉　067

　　别向黄昏　068

　　十八岁的瞬间　069

　　告别初恋　070

072　**永恒的时光（组诗）**

　　红船行　072

　　大山的传说　074

　　抚摸那永恒的时光　076

　　流失的图腾　077

　　一家三口打掼蛋　078

　　一家三口的早晨　079

3

083	**第二辑｜随笔卷**	
085	快乐是一种能力	
087	快乐的种类	
089	而立之年的感悟	
091	一家三口欢乐颂（系列短文）	
	别说人家质量不好	091
	谁最艰苦朴素	092
	过一个环保年	093
	爸爸，宝宝太难了	093
	宝宝，爸爸太难了	094
	未雨绸缪	095
	又是天涯各一方	095
	宝宝出生	096
	宝宝快跑	099
	"可口可乐"与"蝌蝌啃蜡"	100
	榜样的力量	101
	靠脸吃饭	102
	肩周炎，肩周炎	103
	给宝宝的信	105
	赠人玫瑰，手有余香	106
107	人间漫画（系列小品文）	
	名医	107
	好友	108
	举报	109
	炸弹	110

　　　　查岗　111

　　　　拔牙　112

114　痴迷的爱好

116　防不胜防

119　悼文友

121　人生随笔

123　孤独

125　荒原

127　故乡的小河

128　晚霞依依

130　好的习惯会受益终生

133　赞美母亲的诗

135　初恋的主打歌

137　悠悠车梦

　　　　之一：拍车　137

　　　　之二：车房冲突　140

　　　　之三：车库　142

　　　　之四：情定某马　143

145　**第三辑｜附录卷**

147　平凡的一天（外三章）　殷敏

152　不虚此行（作文十篇）　褚天舒

167　儿歌卷（三十九首）　褚夫玮

212　家庭作品研讨会　褚夫玮　褚天舒　殷敏

271　成长与感恩（跋）　殷敏

序言｜平中出奇　异彩纷呈

贺茂之

读者诸君：您读过一家三口撰写、出版的书吗？您想知道这部书问世的非凡经历吗？您能想到本书会给您一个什么样的心情和收获吗？《不虚此行》将给您一个意外、一种兴奋、一份喜悦。

笔者作为一个年近八旬的退休军人、文学爱好者，有幸先您一步浏览了书稿。那就在此"显摆"一下，该书的突出特点是："平中见奇，异彩纷呈。亮点频出，促君成功。"权且抛砖引玉吧！

说起"平中见奇"，首先是指作者不是专业作家，也不是某行业的权威人士，而是都市常见的一家三口：爸爸、妈妈和女儿。爸爸是政府公务人员，妈妈是律师、注册税务师、知名企业高管，女儿是知名附中高中学生。爸爸除具有娴熟的公文写作本领外，还常有诗歌、散文等见诸报刊，并有三部专著出版；妈妈除了是税务筹划权威外，还是文学爱好者，博览群书，又乐于动笔。这对文侣伉俪，很想把千金宝贝培养成当代李清照，于是在其童年，就为之灌输大量的文学营养，加之遗传基因的影响，宝贝上小学时，就能咏诗诵赋、挥笔成文。作为具有远见卓识的一家之长夫玮，竟在孩子八岁时，举办了"家庭作品研讨会"。一家三口都是参研作品的作者，又都是作品的研讨者，故彼此互称"同学"。其议程还十分正规：作品研读、互评、打分、评奖，总结发言，外加品尝美食。爸爸同学在第一次研讨会的总结中，目标十分明确："我们是三家争鸣，取长补短，共同进步。我们可以展望一下未来，如果我们能够把研讨会坚持下来，一年、两年或者更长，研讨会就是我们成长的阶梯，作品保留下来，就是我们成长的脚印。不久的将来，咱们就可以共同出版《家庭作品》……"而今预言实现：《不虚此行》横空出世！从第一次研讨会到第六次，四年的时间，同学们的进步是显而易见的。宝宝同学第一次参研作品是纪实散文《科技馆一日游》，第六次的作品是政治抒情诗《祖国，我们永远的家园》。其立意、结构、语言、激情和气势，均被交口称赞，不久便被《枣庄日报》发表。十二岁的处女作，对其发展该是多大的激励呀！此次成书，就收入了她十六件小学和初中写的作品。等等这些，不是平中见奇吗？家庭作品研讨会上的同学，变成了书中的作者，不也是平中见奇吗？

其次，平中见奇还表现在题材即内容上。书中的内容不是重大题材，也非猎奇故事，而是作者日常生活、工作、学习中的亲历、亲为、亲思、亲悟，看起来都是平平常常的琐事，而细思起来，就蕴含着丰富的人生哲理。如爸爸同学《人生如棋》组诗中的《围棋透视》，用诗的语言描述了黑、白双方对峙和决斗的过程，从中提炼出"为了防止骗局迷惑你／你必须部署假象／你必须在被暗算之前算计人／你必须耐住成功前的寂寞／／你不能拘泥小利而坐失良机／你必须学会小心谨慎地撒网／当仁不让地收鱼／不露声色地酝酿阴谋"，何等地尖锐而奇妙呀！他还专门为《枣籍京都人物志》写了一首诗："京都在前，眼里还有一串串酸溜溜的葡萄；故乡在后，心中尚存一座座渡人渡己的船桥。"时空变换、情感留恋、语言张力把握得何等神奇！如此事例，比比皆是，平中见奇中，又出奇制胜。

说起"异彩纷呈",首先是指体裁多样,体裁又名形式。该书荟萃了诗歌、散文、评论、随笔、儿歌等,就连前文提到的六次"家庭作品研讨会"的全过程,也作为该书的一个特色专辑原汁原味地全盘托出。书中作品信手翻阅,便有上乘佳作异彩纷呈。比如含蓄蕴藉的《门外的风景》、意味深长的《男人心里都藏着个小妖精》、妙趣横生的《欢乐颂》、通透意丰的《而立之年的感悟》、天马行空的《童年及以前的时光》、奏响主旋律的《红船行》、小荷才露尖尖角的《作文十篇》等等。

其次是题材丰富,题材即内容。人生的衣食住行、酸甜苦辣、喜怒哀乐、进退成败等,都有所涉猎。当然不是"眉毛胡子一把抓",而是注重传承并锻铸"真善美正",摈弃乃至鞭挞"假丑恶邪"。加之巧妙生动的插图,形成了画龙点睛、图文并茂的又一特点。图、文、意、评,四位一体又相映生辉,不能不说异彩纷呈,同时释放出崇高的光华。

北大教授、当代哲学家张世英,在《哲学导论》中明确指出:"崇高是美的最高阶段,崇高是有限对无限的崇敬感,正是它推动着有限者不断超越自身。"崇高是一切美好的总称,它又引领一切锻铸美好;崇高是人类文明的灯塔,它又映照着人类走进文明。崇高并非高不可攀、遥不可及;崇高就在我们的心里,就在我们的身边,就在我们的事业中。

《不虚此行》的三位作者,就是心怀美好、书写美好,走进崇高、弘扬崇高。"走进崇高,就是趋步进入真善美之境界,彰显自身崇高,履行职责崇高,学习他人崇高,弘扬社会崇高,用崇高规范自身,以实现人格优秀、社会和谐、祖国强盛、人类美好。"

夫玮同学自拿起笔,就牢记古圣贤名言:"文以明道,以利世人","文以载道,艺以养心",并努力执着地实践着。在模范履行公务职责的同时,还笔耕不辍、扬道传美。在喧嚣的都市里、繁忙的事务中,撰写、发表了编入此书的妙不可言的大量诗文。比如他在疫情期间圆满完成了抗疫任务,除受到上级表彰,还收获了一组精美的情诗;在京期间他还把公务员面试辅导,做成了服务老乡的公益事业;他们一家人在闲暇之余还积极参加志愿活动,践行了"赠人玫瑰,手有余香"。更值得称赞的是,他在实践中总结、提炼出"知敬畏、守底线,懂规矩、重操守,与人为善、相互成全,知道感恩和宽容,忍辱负重踔厉笃行"的人生智慧,和"用品格感染人,用工作感动人,用作品感悟人"的自我规范,而这些理念都生动形象地活跃在他的作品里,这也是笔者前文说到的"亮点频出"之特点。

当然,还有殷敏同学在作品中体现出的正直、善良、贤淑和朴雅高标、外秀内惠,也是一大亮点。她文笔朴实凝重,处处闪烁着理性的火花。单就她的《漫谈职业规划和职场重要能力》一文,阐述的职场工作者"必须具备领导力、学习能力、抗压能力和团队合作能力",就是一大创新,就是一种"授人以渔"崇高精神的体现。

被多位网友称赞"父亲诗文好,女儿也厉害"的天舒同学,她的作品观察细腻,角度新颖,故事生动,妙趣横生,有的还气势恢宏。连同书中"一家三口欢乐颂"专辑,不也是突出的亮点吗?同时还于无意中介绍了做人之道、做事之道、作文之道和治家之道,即成才、成功之道。在阅读、欣赏该书文学艺术性的过程中,掌握了上述各道,也就是前文说到的"促君成功"。

建议读者诸君向该书进发吧,您一定会收获满满、不虚此行!

平中见奇,异彩纷呈。

走进崇高,幸福终生!

是为序。

2023年10月25日23时46分于正艺楼

(贺茂之:笔名东方鹤,少将军衔,曾任原国务院副总理、国防部长张爱萍上将秘书,装备指挥技术学院副院长,北京走进崇高研究院院长。中国作家协会会员,著名军旅作家,创作出版了诸多诗集、散文集、理论文集和报告文学集,其中长篇传记《张爱萍传》荣获中国传记文学优秀作品奖、解放军文艺奖,主编了《走进崇高丛书》《中外崇高论》等11部著作,已有500万字作品问世。)

自序｜不虚此行

褚夫玮

《不虚此行》是柏青先生建议的书名，本想延续上三部文集取名《永远的快乐》或《不枉此生》，但总感觉缺乏了文集中应有的灵动，也曾想让孩子和绪飞女士配上插图，取名《人间烟火气，诗情藏画意》，但记忆中的名著哪有超过十个字的书名的？

也许只有文学大家的才情，方能配得上《不虚此行》，我们一家三口，一个驻京办干部、一个字节跳动员工、一个人大附中学生，工作生活在京城有太多的不尽如意；有太多的艰辛、焦虑和无奈；有太多未曾实现的梦想，用这个书名显然是有点心虚的。但我们家里有书、心里有爱、眼里有光，回味记忆中一段段刻骨铭心的过往；盘点生命中一次次热泪盈眶的感动；打捞人生中一片片欢快愉悦的时光，各自从不同视角来书写人生，并且一家三口都乐在其中，勉强算是不虚此行吧！

以"北漂""白领""中学生"独有的身份与视角，来观察、品味和研读这座熟悉又陌生的都市，把对官场职场、情感家庭、校园和故乡的感受和感悟，刻画到诗歌卷和随笔卷中，在茫茫人海、众生百态和命运沉浮中，寻找同类者的感应和共鸣，寻找温暖和温柔的力量，展示属于自己的那道亮光，力争悦己也动人。

女儿小的时候，奶奶开始教她拍手歌，"你拍五我拍五，五个小伙打老虎",小区门口投币摇椅也传出"你拍八我拍八,八人八马往前杀"……我当时就吓了一跳,杀气如此之重的儿歌,让女儿吟唱不太合适吧?于是我就开始为孩子写儿歌,伴随着女儿的成长,我创作了近百首儿歌。也陆续拿出一部分,供家有宝宝的网友传唱,竟然广受好评,于是就有了本书的儿歌卷。

孩子识字早、认字多、爱看书,三岁就能流畅朗读成人读物,被幼儿园誉为"识字大王""小老师"。小学二年级的时候,为了激发她写作文的兴趣,我们举办了家庭作品研讨会,虽然只举办了六期,但埋下了日后写作的种子。两年后"学而思杯"语文竞赛中她全市排名第五,六年后参加北京市中考,语文满分。在书中也收录了她的十篇中学作文。

来京工作之前父亲说,咱山东人口碑好是源于淳朴善良、甘于奉献的品格。我便相信只要吃苦耐劳将尽是坦途,只要忠诚可靠会万事顺遂。我感觉自己就像一块狗皮膏药,哪里需要贴哪里,既要贴得牢靠,又要揭得顺畅,还要不留痕迹,稍不留神,就遭人嫌弃。或许灰蒙蒙的现实总会冲淡绚烂的幻想。我曾经常顶着高烧坚持到岗,却无法顶住那些忽悠顶缸的良苦用心,那些趾高气扬恶语相向的面孔。我曾说服自己放弃身外的荣光,却无法说服自己接受那些当面送人情背地下黑刀的手段,那些不露声色摘走桃子的伎俩。既自以心为形役,奚惆怅而独悲?愿悟已往之不谏,放下心中郁结块垒,愿知来者之可追,将崭新的希望放在明天。正如老乡莫言先生所讲:咽下所有委屈,磨平一身棱角,笑着面对讨厌的人和事,变成一个不动声色的人。当你独自扛过所有的苦,熬过所有的孤单,咽下所有的心酸,等待你的就是好运和阳光。

见了黄河也不死心,一直是我为文为人的底气。当文学已成为骨子里的情感，才知道文学殿堂是不可企及的奢望。"爱到深处／方知道忘却／也是那么艰难／即使心灵／已被另外的钟情占满"——《骨子里的爱情无法躲闪》。文学创作是内心快乐和纠结苦恼的源泉，也是治愈伤口的避风塘。让生我养我的父母能看懂，让亲生的女儿看到自己脸不红，是我的文学创作观。面对已创作三十年的文学，仍像面对连绵万里的长城、烈日炎炎下的泰山、雨雾中的巴山蜀水、群山环绕的维多利亚港湾时，震撼得无话可言。

我出生在一个人杰地灵的地方，成长在一个靠写作能改变职业和命运的时代，工作、生活在能孕育梦想、容纳精彩的都市。虽然前半生跌宕起伏，但我仍保持初心与本真，坚守人生正航道，始终心怀正能量，随遇而安、从不怨天尤人，为人为事为文积极乐观，再加上组织的善意和支持，都成为我在京工作、生活的底气。感激人生中的贵人，汇聚与释放生命里的善意。知敬畏、守底线，懂规矩、重操守，与人为善、相互成全，知道感恩和宽容，忍辱负重踔厉笃行。

用品格感染人，用工作感动人，用作品感悟人。人生在世，便不枉此生、不虚此行。

2023 年 11 月 16 日于北京

第一辑 诗歌卷

卷首语

想起你

就春暖花开

不论眼前

有没有一望无际的大海

门外的风景（组诗）

门外的风景是否很美

多少年，你都在期待
期待一朵鲜花
要为你盛开

多少年，你都在等待
等待一扇门
只为你敞开

多少年，你都在门前徘徊
想象最美的风景
永远都在门外

多少年，你都在彩排
虽然，重逢的桥段
早已没有了舞台

多少年，你都不曾明白
真实的人生
永远在舞台之外

多少年，你都不愿明白
一场美丽的邂逅
错过，就不会再来

多少年后的，多少年
你都在努力忘怀
不管门外的风景是否精彩

男人心里都藏着个小妖精

每个男人心里
都想着一个小妖精
小妖精想必如花似玉
美若天仙

每个男人心里
都有着一个小妖精
小妖精想必拥有
一张绝世的容颜

有的人为她倾家荡产

有的人为她妻离子散
也有的人被她青睐
爬上人生的峰巅

妖精无所不能
她会三十六变
妖精无所不在
她会隐身人间

她也许是
多愁善感的林妹妹
她也许是
泼辣能干的凤姐姐
她也许是
心机叵测的甄嬛
她也许是
翻云覆雨的武则天

她也许是
醉生梦死的一壶美酒
她也许是
欲罢不能的一支香烟
她也许是
高潮迭起的一场电影
她也许是
养家糊口的一碗米饭

她也许是

河边的一根稻草

她也许是

包中的一沓公款

她也许是

保险柜里的一颗钻石

她也许是

办公桌上的一份批件

每个男人心里

都藏着一个小妖精

秘而不宣

或喜或悲或苦或甜

没有几个男人

敢拿出来当众翻看

并把隐藏的辛酸

在太阳底下晒干

心怀小妖精的男人

常常忐忑不安

彻夜难眠

是承鱼水之欢

还是坐怀不乱

是雪藏心田

还是一刀两断

全在一念之间

一念可以步入永恒

一念可以坠入深渊

一念可以心静如水

一念可以天涯望断

一念可以化沧海

一念可以成桑田

即便沧海桑田一千年

妖精一直是男人心中

永远珍藏的初恋

前　后

打开门之前

总感觉外面的世界很精彩

打开门之后

还知道有另一种滋味叫无奈

打开太空之前

曾以为人类是世界的主宰

打开太空之后

才知道什么是遥远的过去和未来

打开自我之前

感觉生活是一成不变的倦怠

打开自我之后
才知道成功与失败一样斑斓多彩

打开爱情之前
只知道有风花雪月恩恩爱爱
打开爱情之后
才明白什么是刻骨铭心的等待
等待着一株玫瑰只为你盛开

想　念

穿越数年的那些天
飞越万里的那些年
苦辣与酸甜
离合与悲欢
都恍若眼前

字迹模糊的明信片
翻起毛边的旧书刊
离别的那瞬间
音容与笑脸
时常在记忆中呈现

镜中渐高的发际线
人数渐少的朋友圈

繁杂与空闲
忙碌与失联
时光把记忆研磨成想念

想念是一个圆圈
让我想起推铁环的童年
想念是一个篮球
让我想起身边打球的伙伴
想念是一枚棋子
让我想起棋盘外的那条手绢

想念是一团线
理不清，剪还乱
想念是一条线
我在这边，你在那边
牵着这根不曾放手的线
只为在记忆中与你谋面
想念，想念
见，还是不见

京都在前，故乡在后

沙尘徘徊的 2006 年
迟疑的脚步，思量再三
便一步向前

背后是故乡硕果挂枝的秋天

弹指间十八年的时光碎片
刻满了酸甜苦辣咸
沿江北水乡运河古道
一路向北,一路向前

鼓起班门弄斧的勇气
练就鸡鸣狗盗的绝技
怀揣匡衡凿壁偷来的亮光
壮起毛遂当仁不让的胆量
揣摩墨子仁者之心和谐之道
盘起兰陵笑笑生的花花心肠
一路向北,一路向前
直达永定河畔华夏的心脏

抚摸古都斑驳的城墙
仰视先贤坚韧挺拔的雕像
凝视海子湖的碧波荡漾
聆听长城内外军歌嘹亮

品味沙尘渐远的胡同风情
感受到中南海的灯光长明
景山后海的风,依然歌舞升平
卢沟桥的狮子,依旧面目狰狞

奚仲的车轮
让你辗过一道道坎坷和泥泞
鲁班的机巧
让你避开步步惊心的陷阱
滕公的智慧
让你跋山涉水中一路前行
兼爱和非攻
让你彼此成全还能另辟蹊径
故乡的传承
让你及达一座又一座山峰

京都在前
眼里还有一串串酸溜溜的葡萄
故乡在后
心中尚存一座座渡人渡己的船桥

人生如棋（组诗）

围棋透视

所有的棋子
都渴望填充空白
挤进方格的
都拼命孕育灵气

每一个棋子
都痛楚地呼唤同伴
每一个角落
都隐藏了陷阱
每一块疆土都危机四伏
不要奢望盟友会救你于水火
有两子的利益你就必须
等待被出卖

毫不在意的一手疏忽
会使你四面楚歌

你必须打入僵局
逼迫死神却步
你不能庆幸对手的大意
镇静地看自己意料外的妙招
看清背后的圈套

为了防止骗局迷惑你
你必须部署假象
你必须在被暗算之前算计人
你必须耐住成功前的寂寞

你不能拘泥小利而坐失良机
你必须学会小心谨慎地撒网
当仁不让地收鱼
不露声色地酝酿阴谋

一招疏忽

汗
流
下
来
模糊你苦心经营的防线
一个断　点

叫你的踌躇满志
　　　　　坠
　　　　　下
　　　　　悬
　　　　　崖

你隐藏的野心
连同你孤军奋战的勇气
在未曾经心的
津　　　　途
　　误　入
　　　　陷
　　　　阱

黑　白　四子组成你生命的源头
白　黑　四子如双目对视
看你自命不凡的战局
将成为悲剧

你平素算度得精透
开始读
一　招　失　误
全　盘　皆　空

对方停在半空的棋子
开始寻找你生死的咽喉

你只有万般地祈祷

对手也疏忽一招

治　孤

"治孤是有关不能放弃要子死活的防守作战"

——即战胜孤独

你满目的困惑

寻找出头之日

你必须苦心经营你的惨局

引渡你迷途的孩子归家

你必须八方求援于盟友

坐地谋生　承受死亡的频频窥视

辗转反复　乘乱出关

声东击西　暗度陈仓

在对手的魔爪收拢之前

渗透生命的精髓

突破一切定式

摆脱一切束缚

在对手锋芒之下

痛苦地联络薄弱

你必须在重围之中冲开
津　路

耐性钻营　权衡利弊
必须在绝望之前
让你的要子起死回生
你必须画出两只眼来发现生命

必须打破一切惯例常规
必须怀疑一切
必须勇于不满
善于创新

你必须勇于孤独甘于寂寞
竭尽全力拯救沉沦的陷局
你必须先抛弃一切来接应咽喉
在三百六十一个交点
寻觅只此一手

腾　挪

"腾挪是使轻灵的棋子整顿成活形的反攻作战"
　　　　　　　　　　　——即诗意人生

终于意识到你身处劣势
你因严峻的局势而兴奋激动

第一辑 诗歌卷

在逆境中你感受神秘的灵性
在东碰西靠中乐趣天成

你迷醉在自己空灵的洒脱
似清高的书生踱出一路春风得意
如轻盈的少女婀娜出动感的生命
从冥冥之中窃取一缕东风

你深信低线上爬不出伟人
你知道寻找得分的冷门
你知道在天外奇想中
捕捉战机
你知道另辟成功的蹊径

拥有孤独但你拥有孤独的勇气
拥有困境但你虽遭万劫而不死
你总是漂漂亮亮地逃出关口
你总是从从容容品尝劫后的快感
周旋在封锁线上来个小飞回渡
窘迫在危急之间来个偷梁换柱
南征北战丧失的只是忧郁
左冲右突换来的是神情昂然

漫不经心下是冷静
迷离的双眼后是警觉
轻描淡写的一招是绝对一手

总是脱尽世俗地面对前途渺茫
总是把自己整顿得笑容可掬
你总是潇洒在连扳靠打之间
你总是在危机四伏中预言吉兆

2020年的诗情（短诗12首）

一月的情诗

冬日的阳光
懒洋洋地洒在窗上
想你的嫩芽
在梦里已疯狂生长

茫茫人海中
你随意的一缕目光
像一颗种子
在脑海里自由绽放

伸开左手
感受寒冷中的惆怅
伸开右手
握住思念中的彷徨

风中前行
每秒都是相逢的渴望
徘徊窗前
所有想念都坠入梦乡

二月的情诗

欢天喜地等来二月
要品尝相见的时光
不料除了等待
还有恐慌

二月,二月
在紧闭的大门里
盘算相见的希望
更多的是心挂两肠

三月的情诗

望窗外风和日丽
等你的心里
却没有一丝春意

突如其来的意外

让见你的时机
变得遥遥无期

四月的情诗

愚人节开始的四月
一切都显得不正常
躲在厚厚的口罩后面
谋个面已是奢望

逆行国门的悲壮
看不见敌人的战场
伸出隔离门窗的念想
在有限的空间里奔放

本该鸟语花香
却在笼中惆怅
待到山花烂漫时
能否拨云见雾诉衷肠

五月的情诗

你妖娆的眼神
从似火榴花的枝头

瞥过来

让整个五月
开始色彩斑斓
红红火火

无奈岁月无情花落去
你的石榴裙下
是否依然还有我

六月的情诗

春光一去不返
春风已封存心间
六月的骄阳
照在孤独的背影上
是另外一种严寒

七月的情诗

七月,七月
欲罢不能的想念
徘徊在眼前

七月，七日
美好的鹊桥
却远在天边

八月的情诗

干啥都流汗的八月
想你
是唯一的清凉

九月的情诗

想你，在喧哗中，寻找一片平静
想你，在平静中，产生阵阵激动
想你，在往事里，不停寻找你的踪影
想你，在未来里，幻想再一次的相逢

十月的情诗

当周围的一切
都慢慢冷却
想你，仍像八月的焰火

十一月的情诗

寒风已来
雪还未到
迟迟不见你的焦灼
能点燃漫天飞舞的落叶

十二月的情诗

六角形的记忆
从天而降
落满肩膀和小巷

你伸开双手
触摸
记忆中的悲伤和芬芳

人生三味（组诗）

诱　惑

你在我难以企及的地方
沏好一杯咖啡
浓浓的香味
远远地
飘过来

坐守孤独的我
开始心动如水
所有的触觉
沿着这股香气
涌向你

感觉与感觉
在空中
相视而立
随后如同两条小溪

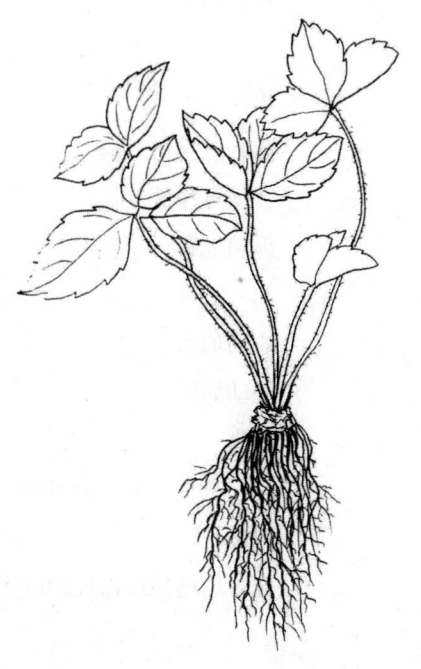

从我们中间款款流过

你说
浓香的咖啡里面
是淡淡的苦涩

想　你

走出城外
让自然的阳光
透过设防已久的屏障
直射心灵

想你
像有一只小蚂蚁
在脑海深处
孤独地爬行

心动如水
心动如风
想你
是一道百看不厌的风景
想你
像一场场循环播放的电影

伸开双手

恍若如梦

想你如一串佛珠

在心头一颗颗滑动

牵　手

你纤纤十指

每一次

从我眼前滑过

就宛如两个欢快的精灵

心神就禁不住跟随你

不由自主地飘动

心中再也守不住

往日的安宁

在流行爱情快餐的时代

我们像中世纪的情人

远远地感受

彼此的动情

各自厮守着古老的梦境

虽然梦中

你柔软的小手

早已抚平

我疲惫的心灵

看着你精巧的双手
像两只小燕子
在我眼前不停地飞行
有一种念头
开始涌动
假如我们能
牵手同行
人生
会是何种绚丽的风景

北漂手记（组诗）

状 态

闲步在城市的一角
在都市黄昏过后的夜晚
从玉渊潭走到世纪坛
再一路向南
又腿儿到西客站
拿出手机一看
离一万步还很遥远

抬头看见一家影院
转三拐四到了售票站
特价的电影都要过十二点
摸摸口袋
想想明天
顺脚拐进了羊坊店

机动车占了人行线

侧身挤过水果摊

到处是烧烤点

掩住鼻口忍住对肉的想念

咱不为雾霾做贡献

羊坊店东路竟是个大 S

这，十分罕见

让人想起芙蓉姐姐自傲的身段

其间来了一条微信

思索了半天

也拿不准该不该点赞

说东道西

指南达北的信息

让你迷失了判断

回家烫脚睡觉

管它明天是下雨还是晴天

面对月亮

时常可以愁眉苦脸

看着星星

偶尔可以吹胡子瞪眼

望着太阳

必须笑脸灿烂

邂 逅

在许多陌生的面孔中
有一双眼睛
让异地的黄昏
怦然心动

记忆中
曾有一场好梦
在另一座城市里清醒
至今仍有一种感觉
牵动你敏感的神经

没有料到
你蓦然回首的瞬间
一个多年呼唤的名字
窒息了天空

等　候

厮守一份真情
在记忆的深处
把你等候
在等候中回味
你鲜亮如初的温柔

凭空想象一次重逢
都能闻到你独有的芬芳
拥有这种心境
在背离你的地方
我耐心地打捞时光

失　误

话已出口
你就知道你错了
可惜已驷马难追

脚已迈出
你就知道你错了
可惜已无路可退

敲下回车

你就知道你错了
可惜已无法挽回

事已至此
你就知道会有无数个
夜深人静的夜晚
你无法入睡
幻想着手中
仍有一株完整的玫瑰

燃　信

黄昏，城市的边上
两道铁轨旁
欲远行的你
从深深的小巷
背出一条与天空同色的麻袋

你想火葬来信
不想让这么多的人
写出的同一个名字
在小巷的深处
独自凄凉

无数个情感的碎片

无数段往来的时光
在火苗上
化作青烟
熏得你热泪盈眶

苍　蝇

你也不堪忍受秋天的冷风
和我一起挤进屋门
这间房子是办公室又是卧室也是客厅
多这么一个客人我并不欢迎

你倒是一副知足的模样
四处察探地形
我交房租我付水电费

不请自到的小家伙
居然打算白白在此过冬

有你爬过的诗稿
再没有灵感产生
一连几天我都小心翼翼
倒掉剩菜剩饭
你光临过的茶杯
我也不敢贸然饮用

你所到之处
抹布跟着擦个不停
自从你住进来
房间反倒比以往干净
但与你同居一室
终究成不了好友良朋

自从你光临寒舍
我再也无法气和心平
几回回梦中
你薄薄的双翅
扇出一片片疙疙瘩瘩的阴影

于是几次暗生毒计
总想置你于非命
可你不是藏进仿真的古董

035

就是爬上易碎的花瓶
时刻嘲讽我
无可奈何的心情

只好眼睁睁看你
在灯具上心安理得地取暖
在我十几平方的斗室
自由自在地飞行

这个时候有没有感觉到
我像一个心怀歹意的小人
不露声色地等待时机
企图一举暗算成功

住　院

这个地方，我来了又走
走了又来，来得好不情愿
这个地方，我没有好感
虽然有无数的白衣天使
美艳得让我眼花缭乱

我对这个地方没有好感
什么支架搭桥，什么剖腹开颅
什么骨髓移植，什么关节置换

搞不好还让人倾家荡产
不像国家图书馆
安安静静，优雅宜人
满屋的墨香，弥漫着依恋
免费的座位，免费的知识充电

今天，坐在我不喜欢的医院
数天前，腹痛难忍我爬到医院
医生说，结石的痛感，仅次于分娩
人家生了孩子，喜上眉梢
我生出一块石头，愁眉苦脸

紧盯着黑黝黝的屏幕
怀念着微信里某人的失联
仰视着高高在上的吊瓶
想念着中关村的图书馆
盘算着床头的票据
盘算着哪天出院
抚摸着身体的某个部位
不由自主，隐隐作痛

有些地方
来与不来，和喜爱无关
有些人
见与不见，心情占了大半

艳　歌（组诗）

艳　歌

我并没有真心去爱你
虽然你吻我的一刹那
我也动了真情

你仍然需要
固守你无人的宁静
我依然需要
外出漂泊人生

但愿彼此装扮的冷漠
不会伤害对方的深情
即使分手时
泪水盈盈
也不要忘记
道声珍重

并不是所有真诚的呼唤
都有真诚的回应
并不是所有的情与爱
都泾渭分明
做不做我的妻子
你销魂的柔吻
都能抚慰我疲惫的心灵

骨子里的爱情无法躲闪

爱到深处
方知道忘却
也是那么艰难
即使心灵
已被另外的钟情占满

曾把往事
一层又一层裹进忘却
有心或无意地翻看
依然有往日的鲜艳

无视意外相逢的困窘
拒绝内心无言的呼唤
总也挥之不去
心头身不由己的思念

所有刻意的遗忘
已是在所难免的徒然
骨子里的爱情你无法躲闪

想你如歌

想你是一只
风中疾驶的飞鸟
四处寻觅花香飘溢的家园

想你是一艘
疲惫航行的帆船
早已渴望风平浪静的港湾

想你是一枚
卷入激流的海螺
久久怀念平坦柔软的海滩

想你是一只
漂泊外乡的春燕
远远回味温馨弥漫的屋檐

无论黑夜还是白天
想你是不断兑现

生命之中关于爱情的诺言

神秘女郎

神秘女郎来的时候
我正在睡觉
记不得昨夜
是否关好门窗

记不得现在
是几点的时光
只知道
天似明非明似亮非亮

她总是照你想的说
她总是按你想的做
心领神会的交流
如鱼水般欢畅
让你满脑子的心事
全是希望

总也记不住她的容颜
总也想不起她的长相
只感觉到她
该瘦的地方瘦

该胖的地方胖

记不住
又难相忘
直到她下次光临
总是莫名地沮丧

五分钟的爱情

这五分钟
她只属于你
上一支曲子结束的时候
她多情的秋波
从别人的臂弯里流出来
在舞曲与舞曲之间
四目撞击的一片火花
填充了这段空白

"你不用介绍你,
我不用介绍我——"
曲子又一次开始的时候
她火热的期待
从舞池的对面传过来
你走过去的瞬间
一袭温香钻入胸怀

这五分钟
她只属于你自己
彼此心里都明白

你竭尽全力
投入这场短暂的情爱
注视这片鲜亮的柔唇
蛇一样在你胸前滑去游来

五分钟的时光
动用了你一生的才情
才守住这双多情的眼睛
曲终
会有别人走上来
演绎另外一段爱情

致远方的你

我的书房,你的客厅
本来有机会成为邻居
因为雨,因为风
或许因为突如其来的疫情
只能远隔数个城池,遥相呼应

没有余秀华,穿越千里去看你的勇气

更没有贾浅浅，胆识过人去直面人生
唯诺于风雨，胆怯于雷霆
苟且于角落暗自神伤、半睡半醒
只有门外的猫半夜作妖，间歇式悲鸣

山不会在意，风的一去不返
水不会留意，鱼的记忆长短
尚未进入角色，已是后半场的游戏
能演绎三十年的情意
不论真假，也值得珍惜

错过了含情脉脉，错过了眉目传情
错过了山山水水，错过了一路风景
错过了锅碗瓢盆，错过了心灵感应
也许只是错过了一场电影
就永远错过了电影之外的剧情

如此甚好，你还是你
我还是我，如此甚好
没经过暴风骤雨、波涛汹涌
便没有一地鸡毛、满地泥泞
你还在客厅花枝招展
我仍在书房观鱼听风
岁月如此安好，如此风平浪静

能否见一面

不论哪一年、四季的哪一天
不论早晨、中午,还是夜晚
能否见一面
无论哪座城市、哪家咖啡馆
无论哪座仙山、哪条河畔
能否见一面

不如见一面
三月的风,九月的山
不论山谷的那条花蛇
头部是尖还是圆
不如见一面
三月的温暖,九月的秋天
无论相逢时的桥段
演绎得长还是短

不如见一面
不论反季节的苹果
是干瘪,还是汁水饱满
能否见一面
无论相逢的泪水
是苦是甜,还是咸

不如见一面

涓涓流水，已汇聚成深渊
能否见一面
不然集腋成裘，洪水滔天

想你的日子

想起你
就春暖花开
不论眼前
有没有一望无际的大

握不住春风
就如握不住你的裙摆
虽然想你的日子
仍旧扑面而来

一帘幽梦

三月的春光
照亮通往山谷的农田
两只蝴蝶在草丛里
露出欢快的容颜

六月的莲花

从宽阔的荷叶
蹿出硕大的花朵
包裹着一道道闪电

九月的沙果
苦涩了枝头上的秋天
一条蛇芯子
搅动了迷雾中的傍晚

十二月的腊梅
戳穿了遍地苍白的谎言
在冰天雪地里
预言春天

女儿看不上我的诗

我喜欢写情诗，献给
心心念念的女神，但
不知道送给谁合适
远方的领导，身边的同事
不知道我在偷偷写诗，都认为
我很正经，显然与诗人毫不相干

犹豫再三，打算
诗稿让女儿先看，毕竟

我们前世有缘。女儿
在写作业，一脸的
为难，我求人的模样
就像追遥远的初恋

在执着方面，孩子哪是对手
她无奈捏着诗稿，一脸的敷衍
水平太一般，用词
也有矫揉做作之嫌
意象、隐喻更是少得可怜
读者不像你老婆，容忍度有限

于是向老婆举报，她说我的诗歌太烂
我已闷闷不乐两整天，患上
忧郁症的后果，谁来承担
老婆说诗无定法，别听她胡扯
老婆又问，情诗送给谁呀
我支支吾吾，一脸茫然

人间烟火（组诗）

五十岁偶感

不再有多余的动作
不再有多余的眼神
甚至不再有多余的言谈
被别人崇拜过的智慧
自己早已当作习惯

不再围观是是非非
不再在乎蜚语流言
甚至不再关注自身安全

像一只苍鹰
对云层下的冷箭视而不见

五十岁的脚步
早已坎坷踏遍
五十岁的路口
转身不再艰难
五十岁的目光
早已天涯望断

五十岁的天空
早已风轻云淡
五十岁的情感
早已不再纠缠
五十岁的掌心
早已抚平冷暖

摔了五十年跟头
才知道
吃亏才是家常便饭
站起来
挥一挥衣袖
竟发现里面有苦更有甜

似曾相识的发小
大多升级了发际线

宁肯与想象中的美女帅哥微信聊天
也不想线下和一群老人相见
谁说五十岁了不在乎容颜
告诉你吧！这纯属扯淡

不能因为疾病影响前程

因为你的出生
我买了房子
房子不大
但能让你清晨多睡几分钟
因为你要上学
我买了车子
车虽不豪华
但能跑遍帝都的全城
学校下课的铃声
催着我们满城去找课外的课程
让家长们像无头的苍蝇
无数的车辆在马路上穿行

我不敢生病
女儿像只陀螺
转起来就不能再停
但这次不行
突如其来的酸痛

来得很不正经也不典型

还好不到四十度
浑身的酸疼
还能把晚餐支撑
至于明天会怎么样
我只能拜托神灵

我不能生病
女儿，不能因为我的疾病
影响你今天的课程
女儿，我不能生病
不能因为我的疾病
影响你今后的前程

你关上顶灯，开了台灯
荧荧的台灯
照出来你还弱小的身影
台灯很贵
贵到老婆至今还蒙在鼓中
香烟的味道
酒的清醇
已恍惚在多年前的梦中

你深夜的呼吸声
掩饰了我的疲惫

不愿、不能生病的身躯
见证了前世我对你忠贞不渝的爱情

悼同学

　　今天收到信息，说一位同学走了，班上公认美丽端庄、善解人意的同学走了。昨天还收到她的微信《你若离开，后会无期》，我点赞后还独自唏嘘一番，不料一瞬间竟天地相隔，再也不能相见……匆匆那年，她唱过一首《妈妈的吻》，还能回响到如今……

微信中传来一声哭泣
让手中的方向盘
都发出一阵叹息
让车停靠都市的郊外
才知道一个本命年的同学
刚刚离开

人生第一个本命年的到来
中学的书本刚刚翻开
童年的山中，一曲曲歌谣
让数个同窗少年如醉似梦
透过迷雾，能看到你柔美的笑脸
穿越时空，能听到你动听的歌声

第二个本命年，来得太快
学海中的泳姿
总是那么千姿百态
四十六位同学纷纷上岸
匆匆地伤感，匆匆地无奈
来不及道别，来不及谈情说爱

第三个本命年，音讯传来
就业打拼，娶妻嫁人
生儿育女，借钱还债
都是上紧发条的陀螺
停不下来
又人人超载

第四个本命年，刚来
你就悄悄地离开
带走了梦中的歌声
带走了故乡的一抹云彩
让我在千里之外
神情落寞，目瞪口呆

为什么要走得如此匆忙
为什么是后会无期的离开
是不是你没系好
妈妈买的红腰带
还有念想在心中挂怀

是不是你已把爱

填满所有的空白

然后无牵无挂地离开

第五个本命年的脚步

已在门外徘徊

陆续有同学

出了门就不再归来

梦中的眼眸

曾几度睁开

看不清哪朵是下雨的云彩

料不到明天和意外哪个先来

那年那月

那年那月

未曾牵过的小手

是否依旧柔软

那年那月

错过的那串葡萄

是否仍然酸甜

那年那月

铅笔与橡皮的硝烟

是否风吹云散

那年那月
扯不清理还乱的纠结
是否风轻云淡

那年那月
泾渭分明的三八线
是否已没有了界限

那年那月
窗外的那株玉兰
是否还洁白娇艳

那年那月
心中的诺言
是否随风飘散

无论三十年的风云
如何变幻
那年那月的情感纯真依然

那年那月
心有想念
便是永远

八一湖的风景

京城，西三环内
央视塔下，玉渊潭边
一撇一捺的引渠支流
覆盖了八一湖面
周边的居民和游客
不分昼夜，流连忘返

喜欢静的在垂钓
喜欢动的在野游
不喜静，不喜动的
在湖边悠闲地遛弯
有前凸后翘的女子
心不在焉地坐在湖边

硕大的蚂蚁
忙忙碌碌，四处乱爬
柔软的蚯蚓
漫无目的，蠕动在树下
安静的蜘蛛
不动声色，编织着八卦
麻雀，喜鹊或乌鸦
叽叽喳喳，在枝头倾诉着什么

我找到一块无人的角落
凝视水纹荡漾的湖面
有大大小小的鱼儿
在水中自由自在盘旋
突然腿脚酥软
幻想自己变成一尾锦鲤
跃进八一湖的深渊

假如岁月可以重来

假如岁月可以重来
童年一定要过得充实
青年一定要过得精彩
老年一定要过得实在

假如岁月可以重来
我不会欠老师每一份作业
我要每天看到图书馆深夜的灯光
我要时刻亲吻书籍每一页的墨香

不欠每一份承诺
不负每一次关爱
不惧每一种失败
不负每一段未来

假如岁月可以重来
我会敞开心扉
善待每一个人和物件
原谅一切过往的伤害

假如岁月可以重来
我会握紧您的手
即使天荒地老白发苍苍
也不会松开

无可奈何

无奈
总在意料之外
偷偷地徘徊
趁你不备
便一刀袭来

无时不在的无奈
藏身岁月之中
已袭入你的百脉
无奈像居心叵测的魔咒
成为你修行中的障碍

幻想有一天

渡劫花开

能把魔咒逼出体外

你是死是活

上天自有安排

不枉此生（组诗）

悬　念

小时候
妈妈的饭是悬念
饥饿的感觉
让锅里的食物
流着口水地变换

上了中学
大学是悬念
神往的情感
悲欢离合缠缠绵绵
梦中的情人总在梦里相见

工作之前
单位是悬念
荣耻辛酸
百味俱现

无数的心事都雪藏心间

没有悬念的日子
就像饭菜缺了盐
无滋乏味的生活
就像独处孤岛
身边又没有渡船

明天是今天的悬念
今天又是昨天的悬念
悬念永远是
参悟不透的神禅
可望不可即的彼岸

愿　景

愿景在天上的时候
是一道绝色的彩虹
经风见雨
才会出现

愿景在山顶的时候
是一面红色的旗帜
夺目鲜艳
迎风招展

愿景在地上的时候
是一块黝黑的矿石
千锤百炼
终成利剑

愿景在心中的时候
是一首优美的诗歌
默读万遍
终不厌倦

愿景在海上的时候
是一条古老的帆船
乘风破浪
奔向彼岸

愿景在心中的时候
更像一场梦幻
破灭还是成真
常在一念之间

梦　境

梦是夜的眼睛
在黑暗中
不断地寻求光明
梦是夜的精灵
不停地注视
人生之外的人生

梦是儿时
吹出的泡泡
把平淡无奇的童年
点缀得格外妖娆

梦是想象的翅膀
可以畅游大海
　　经历惊涛骇浪
可以登上珠穆朗玛
　　俯视大地的苍茫

可以遨游太空
　　　体味什么是辽旷
可以到天涯可以去海角
可以抵达任何你想去的地方

梦是一首
伴唱终生的歌
有暴风骤雨的激情
有花前月下的快乐
有高潮的迭起
有低谷的波折
有峰回路转
更有花开花落

就是这么一首
扣人心弦的歌
把锅碗瓢盆悲欢离合的人生
演绎得波澜壮阔

梦来的时候
往往毫无察觉
梦走的时候
常常又惊心动魄

此时此刻
不知现在的你我

是在做梦
还是醒着

写　诗

写诗就像儿时
母亲为你缝制一件衣衫

把一块方方正正的生活
裁剪得七零八落
感觉是一根针
意象是一条线
最后用真情
把人生的感悟相连
写诗就是这么简简单单

你太像你母亲
你的诗太像儿时的衣衫
总也合适不了三五年
难怪母亲告诉你
做衣服简单
成为大师太难

另外一种感觉

有一种感觉
你无法捕捉
如想象中的蝴蝶
飞翔在梦里的楼阁
若有若无的幻觉
让你开始心不守舍

也有一种感觉
不知是苦恼还是喜悦
神秘莫测
像树丛的花蛇
诱惑你
摘取枝头的涩果

更有一种感觉
在感觉之外漂泊
叫你空伸双手
无从触摸
这种不实在的感觉
你将实实在在地尽倾心血

别向黄昏

夕阳似血轻轻落下
如披肩之秀发走出视野
曲径幽幽滑入一片荒芜
落叶敲响脚步　如雨

你宽大的蝙蝠衫
没有季节
就像我没戴表的手腕
抛弃了时间

一声鸟的惨叫
划过一道弧线
射向　远方
听觉像蚌壳般张开
你满脸的凄凉
说这是相思鸟

你失血的纤指开始颤抖
撕一片树叶
如撕一句承诺
你的美瞳溢满迷蒙
如这黄昏
慢慢溅落

一对裸足轻盈地飘去
正如当初轻盈地飘来
好像蹑足的小猫
轻轻掠过空无一物的桌面

风在穿过树林时
停在半空
注目一场沉默的爱情
你嚅动的双唇
等　待
　　离
　　　别

在黄昏　我担心你的孤单
你这样走回去
末班车上还有没有　空　座

十八岁的瞬间

身边一个女孩子放飞欢乐
寂寞无聊我备受失落的折磨
空虚的夜在纸的一角涂抹时光的珍贵
总算还有梦做无奈的安慰

深深吸一口气拼命感受神情昂然
十八岁的某一个黄昏我突然泪成两行
两瓣芳唇亲吻不到温暖的触角
许多面孔让我清晰什么是陌生
对着镜子默默注视自己兜售灵感的宽额
玻璃杯滚出桌面的约束消失的不仅是惊恐

无数个黄昏过去对面的大门仍紧锁如初
母亲的叮咛总让我心神不定
朋友如隔世的甘露润泽另一片荒芜
对着小窗打开《辞海》细心品味什么叫孤独

告别初恋

虽然现在已是冬天
我依然一身春装
去最后一次告别你
去三月初次相逢的地方

那时鲜花铺满校园
那时到处一片春光
那时对爱情充满虔诚的向往

终于在不经意的一个黄昏
在所料未及的地方

彼此承诺的爱情
有了一丝裂痕
接下来分手已在所难免
彼此的面孔已冷若冰霜

不知是有意还是无意
今天你也着一身的春装
依然是初逢的模样
相爱需要一种勇气
分手也需要一种勇气
最后的话别
谁也不愿先提出

肩并肩越走越孤独
就这样沉默地走在老路上
像两只迷失归途的春鸟
在寒风之中
各自黯然神伤

永恒的时光（组诗）

红船行

此诗被浙江红船干部学院收入党性教育培训档案。

凌晨，窗外三月的鸟语花香
唤醒一群，来自四面八方的朝圣者
南湖红船，照亮东方第一缕曙光

放下疲惫，放下行囊
驻足凝视，先辈夺目传神的雕像
倾听他们，惊心动魄的过往

觉醒年代，无数的先烈
头颅和热血，安扎在崇高的祭坛上方
红色基因，已渗透变迁百年的时光

船下大浪淘沙，泥沙俱下
船上水手的意志，已百炼成钢

在惊涛骇浪中,把稳前行的航向

先贤的智慧,已绘出诗和远方
新时代的英姿,再续崭新的篇章
复兴梦想,凝聚着众生的愿景和力量

一次南湖行,一生红船情
沿一大的足迹,把党的厚度和伟大丈量
第一次,我的灵魂和肉身都在红船之上

大山的传说

大山的传说
从大山的胸膛流出来
大山的传说注入山之精魂
大山的传说灌溉大山繁衍之生命

三叶草般的传说
爬遍大山的岩崖
蔓延在炊烟笼罩的四野
支撑起岩石般沉甸甸的岁月
支撑起山民古铜色嶙峋的脊梁
是奶奶从风箱里拉出来
带有狐狸精媚人的妖气
是爷爷从烟袋锅里磕出来
呛出两颗明晃晃的泪滴

大山的传说
像欲火难熬的情人
月儿未出就敲开窗门
急急忙忙钻进坟地
做着各种肉质的梦幻
像雷雨前的山雀
躲进乌云下的草栅
畏缩在被窝里
睁大恐惧的双眼

盯紧梁头悬挂的吊篮
贴在黝黑的墙皮上
躲避豌豆大的油灯
幽灵般做着抽象派的文章
精灵便从月亮圆圆的眼眶里跳出来
山魈便从发霉的线装书里溜出来
山风也扮起蒙面大盗游荡于窗棂之上

在萤虫篝火的冥冥之光中
大山的传说
绷紧你燥热欲倾的血潮
天堂之光照亮了地狱之门
灵魂纷纷指责躯壳的累赘
大山晃动撩人的野性
传说如多情的少妇抚摸你
树叶交错的脉管宣泄着不安的骚动

最美最美的传说
在自由的苍穹蜿蜒游弋
缥缈于山腰之间汩汩流淌
魅惑你半夜爬起来
寻找最最漂亮的山妖

大山的传说
从山的胸膛流出来
大山的传说

把山之精魂逐成飘零者
无家可归
到处流浪

抚摸那永恒的时光

背光而立
有一条长墙延伸至古
恍惚间你与数目对视
一道道寒光照得四壁辉煌

曾有几个人
在此面南背北
翻手为云覆手为雨
一张滴血的黄纸
至高无上
龙颜喜怒之间
千百万臣民自毁家园
屈膝高呼皇恩浩荡

午时三刻
某人在有意无意之间
听信奸臣的谗言
将出生入死
随己多年的弟兄

俯首龙案前
谢主龙恩
然后御门外
三声炮响
雪亮的鬼头刀闪烁寒光

夜间多情的主公和群臣
把女人装进美酒
一饮而尽
全然无视城外
将士们战死沙场

背光而立
沿光滑的墙石
抚摸千年的岁月
你面前不足三尺的宝座
几千年的历史血流成河

流失的图腾

夸父的拐杖
变成一片邓林之后
再没有人
流着汗水追赶太阳

夸父的子孙

吸干大漠最后一股清泉

伐去大漠最后一叶树荫

把盛满老酒的海碗

举过头顶

跪别久守的故土

在赴东海之途

守江河而居

抚慰红颜桃花而歌

每天的清晨

打开东窗

期待那道天赐的灵光

祖先死未瞑目的对手

已成为子孙顶礼膜拜的偶像

那拼搏了许久的渴望

已成为永远永远的幻象

一家三口打掼蛋

虚度光阴流行的时期

掼蛋把光阴炸得稀烂

在餐前、饭后和散场的空间

四人联手把焦虑和无聊驱赶

忙里偷闲的周末
约来一人，太不方便
女儿突发奇想
何不一家三口操练一番

于是，多了顺子，少了单张
那些掼蛋口诀，也没有了市场
不用在意上下家的勾连
不用顾忌貌合神离的友邦

何须摧眉折腰事权贵
在炸弹满天飞的地方
王不再是王

一家三口的早晨

女　儿

天还蒙蒙亮
闹钟已响个震天
尚未还阳的分身
睡意正酣
那个叫爸爸的男人
与怜香惜玉无缘
一番生拉硬扯

本尊勉强睁开双眼
就看见出租屋里的早餐
没品出滋味的小米粥
在督促中，勉强喝了半碗

看着老爸忙忙碌碌
絮絮叨叨
瞥见老妈拉开窗帘
拉伸腿脚
便心不甘，情不愿
半推半就出了知春里小区
似醒非醒进了人大附中校园
开启了一天
七荤八素的知识盛宴
和学海泛舟的表演
以及，有无限可能的夜晚

妈　妈

3公里专治各种不爽
5公里专治各种"内伤"
跑完10公里内心全是坦荡和善良[1]

做完拉伸运动，全身舒展
调整好呼吸，下楼

---

① 摘自《跑步的力量》，中国科学技术出版社。

成为晨练大军的一员
跑步是最节省、最全面的锻炼
6公里，运动量正好
身心的放松，总是如此短暂

收拾一下自己，背起电脑
追赶通勤车经过的站点
去一日三餐管饱的地方
埋首于冗杂的数据中
裹挟在卷来卷去职场里
打拼到深夜，孜孜不倦
打车回家，疲惫不堪
再拿起女儿的作业，检查是否做完

爸 爸

树结出几茬果子，便枝头荒芜
车跑过几十万公里，也故障频出
我爬上十几层楼梯，就气喘吁吁

然后，静静地坐着
周边是一片柴米油盐
在摇晃的公交车上，在老人们中间

拂面的风不再寒冷
车内的空气不再沉闷
窗外是，枝头抖落残雪的三月

司乘人员不再督促我让座
便微闭着双眼,一身轻松
在去上班和图书馆的路上
与忙碌的人群相逢

不知不觉,已是后段车程
后半生?后半生
何以为生?何以为生
拥有早晨,就拥有无数种可能

第二辑 随笔卷

卷首语

再回首、再相见，再也不是当初的初恋。知不知道当初彼此的情意，已没必要。早已褪色的照片，定格了某一个时光节点，固化了青春期一段美好的记忆碎片。

快乐是一种能力

"快乐是一种能力。"

朋友不经意的一句话,触动了我的心灵,久久不能平静。

是啊!原以为快乐只是一种愉悦的心情,仔细品味一下,快乐的确是一种能力。

缺乏快乐能力的人,生活在暗无天日的世界里,整天怨天尤人,抑郁寡欢,渐渐丧失了快乐的能力。快乐能力强的人,沐浴在阳光普照的日子里,整天嘻嘻哈哈,乐观向上,即使坎坷一辈子,也能苦中作乐一生。

快乐的表象大致相同,快乐的原因却是千差万别,相同的结果对于不同的人,有可能喜、有可能怒、有可能哀、有可能乐。比如一个人辛辛苦苦忙活一年,结余了一万元钱,这对于身价千万的大款,也许会感到悲哀凄惨;这对于那些胃口大开的巨贪,可能会感到恼羞成怒;这对于工薪阶层,可能是平静和快乐;这对于终日劳苦的农夫,则会大喜过望。因此,快乐与物质多少并不是正向的关联关系,看来快乐并无统一的量化标准。

既然快乐是一种能力,那么快乐既有天生的快乐基因,又有后天的培养与造就。如何理解快乐、享受快乐、成就快乐呢?

首先要有快乐的心态,对任何事情都要有积极乐观的态度,态度决定了选择，选择决定了结果，结果影响着快乐。其次，快乐是可以相互感染的，快乐是可以寻找的，多和快乐的朋友相处，日久便会快乐起来。再次，要主动降低自己快乐的门槛，不要和自己过不去，平庸也可以快乐着，没事还可以偷着乐呢！最后，学会用微笑置换烦恼，笑看天下事，笑对天下人，笑着笑着就快乐起来了。

别让快乐从身边溜走，快乐就是快点乐，快乐就是快快乐！

朋友，你拥有快乐的能力吗？现在的你快乐吗？

放弃忧郁、放弃消极、放弃所有不快乐的心思，让我们共享彼此的快乐吧！

顺境时感受成功的快乐，逆境时感受奋发的快乐；相逢时享受欢聚的快乐，独处时享受孤独的快乐；相爱时共享爱情的快乐，分手时分享祝福的快乐；高兴时就快点乐，悲伤时也要痛并快乐着！

佛曰：当你微笑时，整个世界都在和你一起微笑。当你快乐时，整个世界都在和你一起快乐。

来吧！让我们跟随快乐的节拍，一起快乐着，永远快乐着！

快乐的种类

我的朋友圈有一个不快乐的朋友,整天怨天尤人,到处发泄不良情绪。

他把我们当成垃圾桶吗?!有的朋友实在忍不住退出了圈子。

我想他之所以不快乐,总有这样、那样诸多不快乐的原因,但归根结底是对人生的态度问题。

是快乐导向?还是烦恼导向?

就像刑法中,疑罪从无和有罪推定,最终的处置结果是不一样的。

是自行车上笑,还是宝马车里哭?

是苦中作乐?还是富裕里有苦?还是身在福中不知福?

人生主旋律的确要积极、乐观、向上,自寻烦恼大可不必。

快乐,不仅是一种人生的感受和情绪,人生有许多种的快乐。

儿童有无忧的快乐;

少年有成长的快乐;

成年有成熟的快乐;

老年有追忆的快乐。

在学校,要享受学习中的快乐;

在职场,要享受工作上的快乐;

在家庭，要享受锅碗瓢盆的快乐；

在社会，要享受交往和共享的快乐。

若贫穷，会有拼搏挣钱的快乐；

若富足，会有衣食无忧的快乐；

若痛苦，会有苦尽甘来的快乐；

若平凡，会有平静安详的快乐。

在人生的什么阶段，就要做什么阶段的事情，任何勉强做出超越人生阶段和规律的事，最终会受到人生的反噬。自己选择了，就要承担选择的后果，别人替代不了。抱怨人生是没有意义的，正所谓，出来混，总是要还的！

作为学生，玩耍和娱乐，只能当作放松和调剂，主要还是让他们体会学习的快乐、成长的快乐。

作为家长，品尝在外打拼的快乐之后，重点体会陪伴的快乐，陪父母老去、陪孩子成长。

作为老人，安享健康晚年就好，隔辈的事和心，不操为妙，好好回忆一生中，每一份点点滴滴的快乐吧。

愿我们不忘快乐的初心，都生活在快乐之中，我们都要好好地快乐！

而立之年的感悟

活到而立之年,终于明白了、领悟了、澄清了一些人生的道理,关于人生的道路问题,我从来不曾如此耳目清晰,从来不曾这么亮亮堂堂地直面人生。已过"而立"即将"不惑"的我,便自以为可以大言不惭放言一番了。

"发展是硬道理!"发展自己、充实自己、提高自己。不因一时的得失而喜悲;不因一时的挫折而苦恼;不因一时的困惑而难以自拔;不因蝇头小利而趋之若鹜;不因碌碌而无为。小富而不能安,钟情而不能息,大贵而不能止。

发展的结果也许是有限的,发展的道路却是无限的,要把无限的努力投入到有限的生命之中,所有的困难都能克服,所有的障碍都能跨过,所有的困境都能逾越。

在发展中去面对困难、困境和障碍,不能局限于去解决每一个困难和障碍再去发展。发展到一定阶段之后,再回首往事,你就会发现,当时搅得你筋疲力尽的困境是那么微不足道、那么可笑,当时自己的困惑是那么无可奈何、那么可悲。从而我得出这么一个结论:人生中好多的困难,是可以在发展中规避的,也许根本不用你去费尽心思去克服,随着发展和变化,再棘手的问题也有可能迎刃而解。如果不去发展,不去努力,不去提高境界、提升能力、跨越层次,也许人生中任何一个困难都能够让你望而生畏、却步不前。

所以说在人生的道路上,与其说不断地战胜困难向前走,不如说是不停地战胜自己向前奔。心理的障碍比客观现实的障碍更难跨越。科学家对人的智力预测结果是:每个人活到60岁,大脑能储存三个美国国会图书馆或数个北京国家图书馆的知识量,每个人都能熟练掌握40种语言,都能拿到12个不同学科的博士学位。因此人类对自身的智力开发、能力开发还远远不够,人90%的潜质都没有利用起来,能够发挥三成的人就可以成为天才、大师或伟人。

"只有想不到,没有做不到!"想都不敢想的事,何谈去做?更何谈成功?有位数学家曾经对我谈起他搞学术研究成功的体会是:"大胆设想,小心求证。"短小精悍的八个字言简意赅,蕴含着深刻的人生哲理,影响了我多年。我的理解也早已超出了它的本意,做任何事情都要大处着眼、创新思维、眼界开阔,目标制定得越远大越好;在实现目标的过程中,要小处着手、求真务实,追求和及达目标的努力越踏实越好。

发展自己也许是走上了一条辛劳之途,或许会丧失一些物欲的满足,但通达梦想的发展之路会让我们找到自我、实现自我,能得到高层次的需求和享受。

高层次的清贫胜过低层次的安逸!

世界风云瞬息万变,知识爆炸、科技飞跃,社会发展的步伐常常远远超出了我们的想象。以后生存的压力、发展的压力会接踵而至,那时我们有没有足够的智力和能力的支持,来应对面临的机遇与挑战?数年以后我们还是不是对社会、对人类有用的人才?这是每个人必须思考和面对的当务之急。

一家三口欢乐颂(系列短文)

别说人家质量不好

入冬后的一天,带着孩子从长安街拐进一条胡同,那里有一个常年维修各种杂物的摊位,摊主是个南方人,心灵手巧,擅长修补各类家居用品,今天我来修一修羽绒服的拉链。

我边把羽绒服递给摊主,边抱怨衣服的拉链质量不好。

没等我抱怨完,摊主已经把羽绒服还给了我,他只用钳子夹了几下拉链,就说好了,并且分文不取。

刚回到家,女儿就开始抱怨我:爸爸,别说人家质量不好!是你的衣服过期了。

咋过期了？衣服好好的，一点没破，拉链也修好了，还是名牌"YAYA"的呢！

啥时买的？

你奶奶给我买的呀！我刚参加工作那年的生日礼物。好吧！三十年了，质量真好。

这时，爱人拎着一大包东西从外面回来了。

女儿惊喜地喊道：爸爸，生日快乐！快把你的"小鸭子"脱了，把妈妈买的"大鹅"穿上！

谁最艰苦朴素

某知名人士，在电视访谈节目上侃侃而谈自己艰辛的成名之路，说自己如何如何地艰苦朴素、勤俭节约。

看着，看着，我们全家人都笑了。

该名人还煞有介事指着满橱子珍留的碗面空盒，"我刚到北京的时候，生活困难啊！天天吃方便面，那个艰辛呀！……"

爸爸随口说："我通常不舍得买碗面，只买袋装的方便面，一盒碗面的钱够我吃一天袋面的……"

"方便面我没买过。"妈妈接过来说："我买挂面，一盒碗面的钱够我吃一周挂面的……"

我也忍不住嘀咕着："要数勤俭节约、艰苦朴素啊，还是我呀！每天为了省1元公交钱，我要腿儿着走3站地去上班……"

"你那是为了减肥好不好！"爱人和女儿都快笑破肚皮了……

过一个环保年

按照习俗,过了腊月二十三的小年,就可以贴春联贴福字了。

福字是置办年货时,商家送的,没花一分钱。

商家送的自然是最便宜的单面福字,把福字的背面相对,用胶水一粘,贴在玻璃窗上,就成了高大上的双面福字。

按照黄金分割比例,找到最佳位置、贴到玻璃上。

随后我用热烈的鼓掌声,代替一挂鞭炮。

身后,女儿咻咻的笑声,像鞭炮中的烟花,赏心悦目!

我已经二十多年没有买鞭炮了,"我是不是特别像环保人士?"我向她们娘儿俩炫耀道。

孩儿她妈的烟花放得更炫:"抠门如此,也是没谁了!"

爸爸,宝宝太难了

宝宝生无可恋地看着爸爸:我太难了!

没完没了的作业;

没完没了的课外班;

说好的欢乐谷,说好的电影,说好的野餐烧烤呢?!

睡到自然醒的日子,怎么就一去不复返了呢?!

能不能让人痛痛快快地玩一场游戏了?!

非得考个好大学,找个好工作吗?!

我不是学霸,更不是学神,放过我吧!

我就是一个普普通通的宝宝。

我长大能养活自己就行了。

那些拯救人类、拯救地球的事,让别的宝宝来吧!

呜,呜,呜——

许久,许久——

宝宝擦干眼泪:

爸爸,我去做作业了。

宝宝,爸爸太难了

爸爸无可奈何地看着宝宝:我太难了!

做北京海淀区的学生家长太难了!

我只是一个普普通通的爸爸;

我和你妈都是小县城考出来的小状元;

比不过全国各地的大状元;

比不过全世界来北京的精英;

我们太难了!

我们拼不过别人,只能拼宝宝了。

猪肉这么贵!

课外班学费这么贵!

房子这么贵!

升职加薪这么难!

能让你有房住、有的吃、有的学,我已经竭尽全力了。

在我们的老家,能让宝宝吃穿不愁,就是好爸爸了!

在海淀,只能管宝宝吃穿就是个渣爸啊!

宝宝,咱平头老百姓不拼学习,咱还能拼啥?!

你说,你说,你说——

许久,许久——

爸爸咽了口唾沫:

宝宝,爸爸去做红烧排骨了。

未雨绸缪

爸爸指着三大包卫生纸,教育宝宝:高明的棋手啊!都是走一步看三步,咱做任何事,都要想着未雨绸缪。

宝宝:……?……?……?

妈妈:什么未雨绸缪,超市这款卫生纸特价了吧?

又是天涯各一方

在北京最寒冷的一天傍晚,幼儿园的老师打来了一个电话询问孩子的情况,现在已记不清当时说的是什么,只记得我驶入辅路,停下车,戴上帽子,走入一个僻静的角落。

"宝宝,爸爸想你啦!"

因为年前工作的繁忙、因为她妈妈又飞去成都培训、因为幼儿园的突然放假、因为孩子爷爷眼睛做手术、因为孩子老爷爷突然与世长辞、因为诸多的原因,我不得不又一次收回两年前做出的承诺:"不再让孩子离开自己。"把孩子送回了山东老家。连孩子都照看不了的无奈,让我满心的酸楚。

盈盈泪水中仿佛又看到她柔亮的头发、吹弹可破的小脸、小巧的鼻子、清澈的双眸、柔韧的小腰、有力的细长腿……

想起她开心的大笑、想起她顽皮的淘气、想起她创意的涂鸦、想起她琅琅的读书声、想起她的专注和执着、想起她半夜爬起来亲亲爸爸亲亲妈妈……

双眼不知不觉湿润起来,最后索性放纵了一把自己的情绪,让泪水流了下来。

> 想你
>
> 在喧哗中
>
> 寻找一片平静
>
> 想你
>
> 在平静中
>
> 产生阵阵激动
>
> 想你
>
> 在往事里
>
> 不停寻找你的踪影
>
> 想你
>
> 在未来里
>
> 幻想不再别离的相逢

我擦掉脸上结冰的泪痕,叹了一口气,又僵硬地笑了笑,便若无其事地融入了都市茫茫车流……

宝宝出生

不知不觉我家宝宝两岁啦!

与宝宝初次相逢的日子恍若眼前。

那是前年的今天。

凌晨三点,手机悦耳的和弦响了起来。

"快来,大笨子,我要生了!"

"别逗了,小笨子,我刚睡着呢!"

昨晚11点我才从协和医院回来,与大夫说好今天上午办出院手续。

爱人离预产期还有4周的时候,因羊水多,大夫又查不出缘由,于是开出了住院单,要住院观察几天。我们是不以为然的,感觉是协和医院的大夫过虑了,因为除了羊水多,各项指标都是正常的,娘儿俩是健康的。是不是半年前王菲李亚鹏爱女兔唇事件,让协和的大夫慎之又慎起来了呢?

我们又拖了一周,再来例行产前体检的时候,医生唰唰唰,又开了一张住院单。

"你们知道有多少人想住我们医院,我们都不收吗?再不来住院,以后别来我们协和了!"

得,就赶紧住院吧。好在老婆工作的地方离协和医院近,请假与工作交接也算方便。

住院检查了两天,一切正常。特别是胎心,咚、咚的,特健康的那种声响。所有的医生都认为没有异

常,同意明天一早就办出院手续。

所以,我以为爱人睡不着,是逗我玩呢。同病房的准妈妈在一起都很兴奋,交流感受,共享临产前的欢乐时光。特别有一位准妈妈预产期过半月了,还没有动静,整夜在房间里溜达。爱人是小迷糊,又睡不着,昨天一直嘟囔着要回家。

我躺在床上又眯瞪了一会儿,突然脑海灵光颤动,咯噔坐起来,是宝宝要出生了!

心思一下子就飞到十里之外的协和医院了。跑到地铁口,才发现离早班车还早着呢。

嘿嘿,那天那个忙呀!

因为提前二十天,小宝宝就降生了,这次住院根本没有带宝宝用的东西,虽然什么纸尿裤、柔湿巾、护肤油、护臀霜等等早都准备好,放在家里了。

还要通知千里之外的宝宝奶奶。我老妈也真不简单,本来打算再过十天再来的,简单收拾一下,当天夜里就坐火车来京了,居然照看孩子的东西,样样带了个齐全,就连中药满月汤也没有拉下。

事后回想起来,那个庆幸呀!

听医生的安排早住院,还得出院;不听医生的安排不去住院,临产在凌晨,住在四环外的我们将面临多大的困窘呀!娘儿俩得受多少罪呀!

后来才知道,宝宝给我们家带来了更多的运气和福气。

有朋友直夸协和医院大夫"牛",对产期拿捏得特准,居然提前二十天就安排住院,实在是高明!

哈哈,看来是"有所听,有所不听,有所为,有所不为"的中庸之道高明啊!

宝宝快跑

宝宝是上天的赐福,所以宝宝乳名叫天天。

其实,"天天"是她奶奶第一次见宝宝随口叫出来的,也许这份随意就是天意吧!

小天天的到来并不是我们预料到的。之所以这样说,并不是说我们不想要孩子。

我们很久前就想要个小宝宝,因为我们早已加入了晚育的行列。

当时,我们把未来的宝宝称之为"小蚂蚁"。

多少年来,我们都渴望小蚂蚁的到来。为此,我们还专门建了一个《小蚂蚁家园》的网站。只是由于网络服务商的缘故,那个网站随之消失在茫茫的虚拟世界之中了,可惜了我们一番对小蚂蚁热切期盼的真实记录。

因为老是想着要对小蚂蚁的未来负责，老是想给他（她）一个良好的成长环境，老是以为现在物质条件还不充分，所以，满怀期盼的同时又忐忑不安。

这只小蚂蚁实在是在我们不知不觉中，自己爬来的。

而且天天爬得飞快，速度比别的小朋友快二十一天。

快跑的天天，不但跑得快，而且样样都快。比如，出生的时候特小，只有46厘米、2850克，不出半年已经超出平均数了；很多足月的宝宝甚至晚产的宝宝，在严格的初生婴儿检查指标上常常要失分的，我们的小蚂蚁全部满分；婴儿的脐带通常在一周后脱落，我们的宝宝在第五天的上午，就自行脱落了，露出了完美的小肚脐。

小天天现在两周岁了，回头看看，天天自己来得还真是时候。选了个爸妈身体倍儿棒、心态最佳的时候；选了个爸妈工作调整期、工作量不多的时候；选了3月16日春暖花开的时候。

"可口可乐"与"蝌蝌啃蜡"

饭后甜点水果之余，爱人习惯性地拿起了手机，与全家分享了一则趣闻：

可口可乐能在中国所向披靡，除了积累百年的品牌，还因为它有一个无可比拟的中文名字。

1886年，美国的一位药剂师无意中创造了可口可乐。他的助手认为有两个大写字母C会很好看，因此用Coca-Cola作为这个奇异饮料的名称。

上世纪二十年代，可口可乐在上海投产，一开始翻译成了一个非常奇怪的中文名字，叫"蝌蝌啃蜡"，被接受状况可想而知。于是可口可乐公司公开登报悬赏征求中文译名。在英国的一位华人教授,便以"可口可乐"4个字击败其他所有对手,拿走了350英镑奖金。

现在看来,可口可乐真是捡了个大便宜,350英镑换来今天在中国每年数百亿元的销售额。

我听后,习惯性地傻笑了一番。处在第一叛逆期的女儿"我去!"一声开始表态了。

Coca-Cola 音译成可口可乐没啥难度吧?

我又傻傻地笑了笑,我英文不好,听发音极像可口可乐,我也会这样翻译。

英文都学不好,你哪来的自信!爱人撇撇嘴。

女儿哼了一声继续说:当时想必有一位爱国人士,发现 Coca-Cola 公司想来中国抢钱的意图,故意把 Coca-Cola 译成"蝌蝌啃蜡"的。最后还是有一个汉奸教授为了350英镑,让我国每年痛失数百亿!

别瞎说!你个小屁孩懂得啥是汉奸和爱国?

去你的!女儿向我翻个白眼。

榜样的力量

记得小时候,老爸经常用伟人言行来教育我和姐弟三人。

记忆犹新的是,伟大的周恩来总理一生艰苦朴素,吃饭从来不浪费一粒米。

榜样的力量果然饱含洪荒之力,我三四十年如一日,吃饭时光盘光碗的习惯沿袭至今,并影响现在的一家三口。

虽然我的节约，被她们娘儿俩讥讽为抠门，但她们也接受了。比如外出吃饭，如果我不在场，爱人必然对宝宝说，"少点一些，你爸不在，没人吃你的剩菜剩饭。"

我穿的衣服，是以宝宝出生的时间段来划分新旧。现在我正穿着的羽绒服就属于旧衣服，被宝宝戏称：新十年，旧十年，没缝没补又十年。

本来我名字中就有一个"伟"字，被我改成了"玮"字，字里透着小家子气，写的诗歌自然离伟大愈来愈远。

我名字中的"福"字，也被我鬼使神差地替换了，听宝宝奶奶说，自从改了名，我的两个大耳垂变小了。

果然，我连吃和穿上的福气也没有了！

你可拉倒吧，伟人是节俭，你是抠门加矫情！娘儿俩一起讥笑。

靠脸吃饭

我说我能靠脸吃饭，娘儿俩一脸的不屑：自己长成啥样心里没数吗？太自恋了吧！

过去说谁是靠脸吃饭的，我也是不屑一顾的，虽然不屑中多多少少有妒忌的嫌疑。

人家能靠脸吃饭，说明人家脸大，有人赏脸；或者秀色可餐，可以换饭吃。

明明可以靠脸吃饭，却偏偏要靠

才华吃饭，这样的话咱是不能说的，咱自恋也有度啊！

偏偏今天的午餐，我真的靠脸吃饭了。

北京食宝街有一家焖锅，我挑好食材，准备结账的时候，才发现出门走得急，忘了带手机。

尴尬了！咱脸既不大、也不可餐。

正打算灰溜溜地溜回去了，过来一个经理模样的美女。

有某宝吗？

有，可是没带手机。

来，刷一下脸吧，首次有优惠。

果然在某宝的机器前一站，人脸识别过后，就快速完成身份验证和支付。

今天真的是靠脸吃了一顿饭。

也许以后，会有越来越多的消费场合，某宝、某信、某银都有刷脸支付方式了。不但可以靠脸吃饭，还可以靠脸生存。

肩周炎，肩周炎

一、治愈不花一分钱

十年前，伏案疾书和鼠标键盘轮番轰炸，是工作的常态。

不知不觉中，右臂像注了铅一样，上不过肩，后不过身，肩胛骨隐隐作痛，手臂一旦摆动过大，就像断了一样钻心地痛，我高度怀疑骨折了。

于是乎挂了301医院的骨科专家号，大夫用小锤敲了一番，用X光照了一遍。

专家说不用治了，回家吧！

咋了？不治之症？回家坐等余生？

不是说一流医院，一流医生，手到病除吗？！

你想多了！大夫一脸嫌弃，回家找根绳子，找个房梁……

咋地啦！安度余生都不用啦？！直接上吊？

大夫终于乐了，满脸坏笑，你这是肌肉粘连，在房梁上拉开就好了，每天301下哦！

现在都住楼房，谁家还有房梁啊？

专家这副不花一分钱的方子，高啊！于是乎，我做了半年的活雷锋。

不论是坐地铁，还是坐公交车，咱都主动把座位让给老、弱、病、残、孕，即使是美女帅哥咱也让座。车顶的横杆和吊环，活脱脱就是房梁挂绳呀！！

好人有好报啊！不到半年的光景：肩周炎，肩周炎，治愈不花一分钱！

于是遭到娘儿俩的嗤笑：穷到治病都不花钱了，还有脸到处炫耀。

二、花钱不少，没有治好

话说十年后的今天，我的左臂及肩，出现疑似肩周炎症状，被自己确诊为肩周炎。

由于口袋里攒了些治病的小钱，再加上买了爱车，地铁公交都不大坐了，又没有了做活雷锋的机会。

于是乎，找了一家知名的中医院，大夫张口就说，你这是典型的"五十肩"。

高啊！大医院的医生果然经得多见得广。一想这病，如此常见，想必他们常治，干脆让他们治疗得了。相比十年前的贫穷和窘迫，咱也算不差钱了！

于是乎入院治疗半个月，什么针灸按摩，什么艾灸电疗，什么药敷药导，十八般手段轮番轰炸，费用花了好几千。

最终，果然：花钱不少、没有治好、症状依然。

唉！还是用十年前的老办法吧。

功夫不负有心人，在不远的相邻小区，我找到了治疗肩周炎的神器——健身天梯。

301医院专家说的房梁，地铁公交的拉手莫过于此啊！

于是再次遭到娘儿俩的嗤笑：不花一分钱的事，非要去花点臭钱。

给宝宝的信

"万里长江横渡，极目楚天舒。

不管风吹浪打，胜似闲庭信步。"

我们从伟人的诗句中摘取了你的名字，在人生的旅途中，你能够"闲庭信步"，更是爸爸妈妈的初心与使命。

为了你的"闲庭信步"，我们已"竭尽全力"，力争做到各自领域的极致。

现实中，世上哪有什么"闲庭信步"啊？

有的只是"台上一分钟，台下十年功"。

但毛泽东还有一句伟大的诗句"世上无难事，只要肯登攀"！

这是伟人之所以伟大的缘由吧。

让我们共勉。向伟人致敬、向"百日誓师"致敬！

愿你百日之后，能有短暂的"闲庭信步"。

（一百天之后，宝宝以裸分低满分2分的成绩，被人大附中录取。）

赠人玫瑰，手有余香

新年第一天，带着新年的喜庆，我们去北京地铁车公庄站做志愿者，过了一个特殊的新年。

女儿的学校要求完成社会实践活动，我们一家三口便在"地铁志愿者"和"志愿汇"上报了名。于是，体验了一把志愿者的生活。

车公庄站是2号线、6号线换乘站，有A、B、C、H、E等多个出口，换乘的旅客特别多。刚开始因为地形不熟，给旅客指路，还得查地图、用导航，等明白了东西南北，熟悉了周边地形，一看行人的神色、行李及随行人员情况，就知道了谁要去北大人民医院，谁想去梅兰芳大剧院，谁是去儿童活动中心……看着行色匆匆的旅客，沿着我们导引的方向，走向各自的目的地，我们都露出欣慰的笑容。

定点、定位、定姿态、定手势，三小时的公益志愿服务真的不容易！身边的志愿者同仁，大多是地铁站周边退休的老人，看着他们乐在其中的样子，真的很感动。

志愿服务虽然很累，但我们很开心。心灵像被清洁了一次，通透了许多。

以后有空闲时间，类似的公益志愿服务我们要多做一些，力所能及地为社会奉献善意。

返程的时候，地铁工作人员认出我们是志愿者，善意地微笑着，特意为我们打开闸机，免费让我们乘地铁回家。

真是赠人玫瑰，手有余香啊！

人间漫画（系列小品文）

名　医

（一）

某名医才高八斗、学富五车、著作等身。

一日率数名弟子查床。

昨夜因有一医学难题，百思而不得其解，名医今天面带倦色。十几个病人查过之后，渐觉心神不济。

查至最后一个病人床前，名医恍惚间感觉此病与昨夜所思疑点相仿，讲着讲着就把自己给讲糊涂了。

越扯越觉离通达的境界越远，越讲越找不到收场的台阶。名医平生第一次开始感觉到高处不胜寒了。

名医不愧是名医。

"你们明白了吗?"名医神差鬼使地或者说是习惯性地失口发问。

众弟子却异口同声:"明白了!"

看着弟子们一个个豁然开朗的样子,名医一脸意料外的茫然。

(二)

某君被口腔溃疡小疾困扰数年,每每发作,痛楚异常,苦不堪言。

虽然大量饮水、超量服用维生素、坚持不懈吃青菜,仍频繁复发不止。

遂挂专家门诊,拜访名医。

名医经察颜、观色、亮舌、切脉之后,告诫某君:"少喝酒!"

答曰:"从不沾酒。"

名医又告诫:"少抽烟!"

答曰:"从不用烟。"

名医稍作沉思,最后建议:

"多少用点烟酒试试。"

好 友

某君与吾交往十余年,关系甚密。前两年他开了一家电子商行,有些小忙吾亦尽力相助,每遇有难之际,他都扬言请客,因是好友,不过一笑了之。

一日,偶然到他的商行,见有两件电子工艺品甚好,问新来的店员价格，答曰："小的六十元，大的八十元，老板不在，不二价。"

吾暗想电子产品历来利润较大，于是晚上拨他手机，客套之后，他虚言送吾几个不成问题，吾答不必。问及进价，他张嘴就骂供应商不是东西，言称被痛宰了，最后他慷慨道："咱弟兄不见外，给你进价再打八折。小的八十元，大的一百元吧！"

吾听之愕然，许久竟忘放下电话。

举　报

老实巴交的 E 君坐在同学中间听课。突然，他不知上了什么邪劲儿，莫名其妙地吹了一声嘹亮的口哨。当时老师正专心致志地讲课，那是中学毕业的前夕。

顿时昏昏欲睡的学生立刻都来了精神，纷纷东张西望，从来不曾吹过口哨的 E 君也蒙了，也四处打量同学，仿佛口哨与他无关似的。

老师真的发火了，居然公然藐视课堂。老师罢课了，老师要查出始作俑者。

第二天，E 君经过几番思想斗争，终于打算向老师坦白错误。

到了办公室，发现老师笑眯眯的，没等他自首，老师就问：你要举报谁啊？

我……E 君一时语涩。

老师翻了翻名单说：同学们已经主动揭发出 6 个吹口哨的了。哈哈！

E 君做梦似的走回教室，他开始怀疑自己是否吹过口哨了。

今天，在市检察院举报中心工作的 E 君，每天整理着举报信，嘀咕着：究竟是谁吹的口哨呢？

炸　弹

D 君在互联网上畅游了数月，常常废寝忘食。

冲浪的快感平息之后，D 君感到无聊了，就懒洋洋地漫步在网络上。

突然一个网站叫 D 君心神一震："邮件炸弹"！

于是乎 D 君来了精神。他变得神出鬼没了。

一日，与 D 有过口角的同事 A 打开一个邮件，"乒"的一声，电脑桌面右下角炸开了一个鲜红的口子，输入法的窗口再也找不到了。D 君在一旁偷笑，这是他投出的一颗小手雷爆炸了。

又一日，与 D 闹过矛盾的同事 B 打开邮箱，唰的一下子电脑黑屏了。D 君若无其事地笑一声，这是他发射的一枚烟幕弹。

过了几天，与 D 君吵过架的同事 C 打开一个邮件的附件后，"轰"的一声，辛辛苦苦做了半月的报表再也不见了踪影。D 君背地里惊叹，这颗精准制导炸弹真的不同凡响啊！

其实，邮件炸弹不过是不同的电脑病毒程序，可以通过电子邮件袭击电脑的软件和硬件。D 君渐渐地玩炸弹上了瘾。

为了防止别人知道他的秘密，他拿出所有的积蓄买了一台笔记本电脑，放在宿舍里偷偷地使用。他不断地操练各式各样的炸弹，什么火箭炮、加农炮、榴弹炮、迫击炮、导弹等等都一一发挥了威力。看着周围硝烟四起，他幸灾乐祸、洋洋得意了。

有一天，D君刚点击一个邮件就大叫："不好！"顷刻之间，他新买的电脑竟然冒起了一股青烟，望着瞬间变成一堆废物的电脑，他一时目瞪口呆了。

原来，昨夜网络堵塞，D君发给死对头同事E的一枚超级核弹，因在网络中列队等候过长，被原封不动退了回来。

查　岗

新来的公司老总第一次召集全体人员会议，不是研究工作，而是研究单位临时工的父亲住院了，如何去看望。

会计说：以前没有这个费用支出。经理们说：以前我们的父母也住过院，大多没去看望，即使去了也是自掏腰包表示一下而已。

老总提出，咱不能没有人情味嘛，礼品也不好买，会计拿3000元现金吧，大家一块儿去看望看望。

副总说，好，虽然前有车才后有辙，但规矩都是人定的，以前没有，不一定以后没有，按老总的意思办吧。

不出半个月，副总住院了。腰椎间盘突出压迫坐骨神经痛，坐立不安只好住院治疗。

第三天，老总说已到医院楼下，要上来看望看望。

副总心想，老总果然是个讲究人，礼金我不能收，非要给就等出院后，全部买成办公用品单位用好了，咱要有以身作则的觉悟。

老总、经理、会计来了，他们手里提着一网兜桃子。副总想，还是老总想得周全，体现了正式员工和临时工的区别，虽然只是带了一网兜容易放坏的桃子，也充分体现了老总曾经说的，钱好花，礼品不好买。

直到人都走了，副总也没收到3000礼金。

后来经理私下道出了实情：老总刚来，你就去住院。老总不是去看望你，是查你岗啊！

拔　牙

谁承想，牙拔到一半，我就后悔了。科技能让人飞天入地的今天，拔牙方法还是那么原始。

初诊的时候，牙医说我右边最后一颗恒牙坏掉了，我说拔就拔吧，周围的人大都有过看牙的经历，我不过是大姑娘上轿头一回。

上午九时我准时来到诊所，牙医给打上麻药，说药力可以持续三小时，然后就给别的患者看牙去了。麻药打下去，开始还没有感觉，一会儿半个脸都木了，老想吐口水。十点钟开始给我拔牙，牙医说大约要一个小时。

拔牙前牙医反复问我有没有心脏病、高血压、糖尿病？我说清贫三十多年了，哪有这些富贵病呀！心里还不停地嘀咕，问这些与拔牙有关系吗？

拔牙过程中才发现他问得太有必要了，有心脏病、高血压的人，恐怕是坚持不下来的。拔牙的办法居然是锤敲钳撬，撬得我牙床发麻，敲得我脑袋发蒙。虽然打了麻药，在这般连续撬动敲击下，真是让人难以消受。人的精密元件都集中在头上了，真担心被敲打出毛病来。

半小时过去了，当牙医说好了的时候，我已经被敲麻木了。牙医把四块牙齿一字排开放在小盘子里,指着说这颗牙已经坏成四块了,看来不拔是不行的,牙医一副手术顺利、感觉良好的模样。我心里暗暗嘀咕,还不是你给敲碎的。

我晕乎乎地走出诊所,人家敲打我大半个小时,临走我连感谢的话也没说,是自己修养不足、做人不厚道,还是被敲傻了呢?

手机响了两遍,我也不想接,因为牙床开始钻心地疼了,说话都不顺溜了,心想再也不拔牙了。

手机又不知趣地响个不停,还是这个陌生的号码,我打开手机正要发火,听筒传来牙医不安的询问:

"我给你拔的牙,是左边的,还是右边的?你再来一趟吧,这次免费!"

痴迷的爱好

昨天熬夜做了个一万字的文案，说文案比较文雅一点，其实就是类似检讨书的材料。

平时怕影响睡眠，茶叶都不敢沾的我，为了赶稿子，喝了几杯咖啡，凌晨三点多才收手，然后就困得睡不着了，这种感觉不知道别人有没有体验过。

上班前赶紧把稿子发出去，如脱负重、如临大赦。

今天中午没啥事，就出去找午餐。

大众点评上说军博附近有家水饺店，他们的猪肉三鲜水饺远近闻名。于是溜达着就去了。

三两水饺、三瓣蒜，三五个饺子、四五两钱。

饺子好吃不好吃，昏昏然的我没品出啥来，只记得每个饺子里有一颗虾仁，辛辣的蒜瓣记忆犹新。

这顿午餐肯定有故事，咱下篇再表，先回去睡觉。

时光快速地流到了第二天的中午。

昨天说好的午觉没来到，改稿意见就来了，上级领导也是真勤劳。

话说昨天路过军博的时候，看见一个穿着很朴实的矍铄老太太，其实说衣服价廉，或者说地摊货也不为过，谁叫咱情商高来着,我这种说话绕弯的好习惯,常被女儿戏称为"虚伪"。

长安街上每天三教九流、各色人等穿梭不断,老太太穿着朴实不是我关注的重点,她背着的瑞士军刀双肩包也不是重点,重点在挂在她胸前的一部长炮筒单反相机,知名品牌,一看就是5万人民币以上的那种。

这种巨大的反差,以及相机品牌LOGO,一下子触动了我内心深处最柔软的地方。

这是对一种爱好,追求到痴迷的状态!其他的可以什么都不讲究、不在乎。

我之所以眼睛一亮,是因为我曾经也是一个摄影爱好者,参加全省比赛获二等奖的那种水平。

我也曾买过一部这个品牌的相机,那是二十年之前,我在老家政府人事部门当科长,工资才几百块钱,买相机花了九千多,来北京买的,算上路费也过万了。

推衍一下薪水与相机的价格,这部相机的购买成本,现在可以买一辆合资品牌的SUV汽车了。虽然这部相机的拍照效果,还不如我现在的华为手机。

这位老太太一定是一个摄影爱好者,或者说是一位知名的摄影家也有可能。由于昨天精神恍惚中,竟忘了与老人家合个影,也许就错过了一段光线、影像、构图与人生交汇的故事。

今天北京突然降温,我随手拿出来的羽绒服还是三十年前的YAYA,羽绒服带来的温暖让我不惧四周的严寒。

在溜达着找午餐的同时,用不到两千的手机写这篇随笔,想一想,自己为了爱好,也是拼过的,也是痴迷过的。

防不胜防

——致敬烟民朋友

写下这个题目及所要表达的主题,是三十年前的事了。那时我刚参加工作,在一所大学里任教。对桌的同事是个标准的烟民,文友中也有几个烟民,都是一根接一根的那种,特别省火柴。

记得我用参加工作第一个月的工资,买了一条裤子,不到一周就被报社的文友用烟头烧了个洞。因为常求他发稿子,这事就不了了之了,虽然他给的稿费从来没有超过裤子钱。

被烟头烧伤的不仅仅是裤子，还有至今还有淡淡疤痕的手背。那是时光再倒流十多年的时候。那时生活物资贫乏，买啥都凭票，其中香烟也属于紧缺物资。

当时我老爸烟瘾很大，不知道他啥时说戒就戒掉了，显然他也是一个有大毅力的人。

我更不知道那个时期的人，为啥都爱抽烟？当时也没有抽烟有害健康之说。大人们买不到香烟就自己动手卷烟，甚至发明了半自动的卷烟机。一个扁扁的木盒子，铺上烟纸，边上涂上用面粉熬制的糨糊，塞满烟丝，用一根筷子压住沿盒子的槽卷一卷，一根香烟就做出来了。

那时候小孩们就把干的丝瓜藤截成一根一根的，藤芯有细密的孔洞，点上火，极有抽烟的感觉。

我抽第一支烟就感到肚子疼，所以至今不会抽烟。宝宝问我，假如第一次抽烟肚子不疼，现在你是不是就成烟鬼了？！

学医的妈妈说我，是健康杀手的小帮凶。谁叫我心灵手巧，切的烟丝细、糨糊涂得匀、卷烟有耐心呢。

烟不离手的老爸，连骑自行车时也不放过。学龄前的我就坐在自行车大梁上，早就坐麻腿的我，小手小心翼翼地抓紧车把。猛抽一口烟又专心骑车的老爸，怎么也不会料到，红通通的烟蒂落在我的手背上。乖巧又勇敢的我不哭也不闹，忍痛看着烟头慢慢熄灭。

天道有轮回，上天放过谁？做帮凶果然是有代价的。

闻烟的不适感，愈加让我敏感地发现烟民无时不在，办公室、车站、宾馆、餐厅、广场上、马路上、卫生间里、电梯中……那缕青烟时刻在偷袭你，防不胜防啊！

抽烟有害健康、二手烟危害更甚的常识，渐渐地深入人心。终于等到了 2010 年，北京颁布了禁烟令，禁止公共场所吸烟。我长长松了一口气，终于可以摆脱那缕青烟了，大快人心啊！

时至今日，我才知道，我想多了。

无时不在的那缕青烟，还常常让我防不胜防。

每次出门，街道上总有机会踩灭几个烟头。燃烧的烟头，造成的损失多到你难以想象。

为了避免被烟民同学围攻，在下表个态：不影响别人健康的烟民，也是值得尊重的。

甚至烟民同学递给我香烟，我还卑微地说：我擅长抽二手烟。

（有关数据表明，中国烟民占了全世界烟民总数的1/3，数量超过3亿，非吸烟者暴露于二手烟的人群高达7.4亿，为全球之冠。）

悼文友

凌晨，在网上看到文友写的悼文，诗人黄强先生在昨天走了。

恍惚间，我与亦师、亦友、亦兄的黄强，仿佛回到了三十多年前，我们初次见面的瞬间。

那时的我正醉心于四句八行、平仄押韵的古诗和戴着镣铐跳舞的填词。

黄强用两三句诗，就启蒙了我对新体诗的向往：顾城的"黑夜给了我黑色的眼睛，我却用它寻找光明"；北岛的"卑鄙是卑鄙者的通行证，高尚是高尚者的墓志铭"；最短的诗《生活》：网。

于是，他成了我新诗创作上的领路人。

改弦易辙的我，突然发现朦胧诗已铺天盖地洒满了校园，突然发现身边涌现了一批才华横溢的诗人。不论在文化馆，还是在《时代文学》，他的笑容那么感染人；不论在荆水河畔，还是在泉城呼家楼的家中，他烧制的拳头大的萝卜都是那么好吃。

那时我在鲁南唯一的大学里工作，身心的自由度比较高，有时间和精力为新的梦想奔跑。泰山极顶、黄河落日、巴山蜀水、黄浦江畔……都有我逐梦的身影。

每一首化成诗句的梦想，我都与黄强先生分享，虽然他的点评都是"不错""很好"等这么精短。我知道他的言简意赅饱含了肯定和鼓励，更多的是他不想限制我的想象和梦想。

　　黄强先生还是鲁南诗坛的龙头大哥、诗协主席，他帮助提携了好多家乡的诗人。记得他操持主编了一套丛书，让家乡那批有才华的诗人集体亮相于众，真是一件功德无量的事。

　　八十年代中期，出诗集的人还很少，写诗的产量也不高，诗集分薄与厚两个版本，厚的大多是两个人合集。他还专门让出版社的编审通知我，按厚的版本提供诗稿。在新书出版发布会上，我知道有些出薄本的老诗人是不高兴的，成套诗集送给某领导审阅时，还专门把我的诗集抽了出来。

　　黄强先生调到济南任《时代文学》主编以后，对家乡文人的帮助就更大了。听说靠着他的帮助又辜负他的文人是有的，这让我十分不齿。那个时候我也调离了高校，渐渐地远离了这帮文人。

　　我辗转岗位多了，与先生见面就少了，只是偶尔分享一下作品和信息。后来又来到了北京，与黄强先生的联系就更少了。前几天我偶尔在百度搜索上，还发现了他曾经刊发了我的一些分享作品，黄强先生高风亮节，助人不图回报。

　　记得在他家里，看到过某位知名书法家给他写的一幅字：《挣扎》，他说人生就是挣扎。

　　为人、为文、为事充满阳光正气的他，原来一直与病魔抗争、一直在挣扎！

　　写到这里，我禁不住地泪湿面颊。

　　愿黄强兄解脱之后，一路走好！

人生随笔

1. 一个高明的老师，能把深奥的问题讲得很简单；
   一个平庸的老师，会把简单的问题讲得很复杂。

2. 拿别人的长处比自己的短处，越比越进步；
   拿别人的短处比自己的长处，越比越落伍。

3. 公正的含义，不仅仅像一只天平；
   程序公正，未必结果公正；
   平衡更不是公正，顽石与钻石岂能等同。

4. 世界因为有了平衡，变得和谐稳定；
   人生因为有了平衡，珠宝与鱼目经常混同。

5. 只有想不到，没有做不到。
   事情的变化与发展，常常超出我们的想象。

6. 能微笑着面对挫折的人，成功就会微笑着向他走来。

7. 心怀感恩之心，人生常遇恩人。
   佛曰：当你微笑时，整个世界都在和你一起微笑。
   当你心怀感恩之时，整个世界都会恩泽于你。

孤 独

走过去是十步,走回来也是十步,八米的长廊走满你等待的失望。

柔和的灯光泻下来、泻下来,在她瘦弱的肩上,划一道优美的圆弧。

似云如雾,含蓄得像那个含蓄的名字。

静静地走进来,静静地走回去。

泪水打湿的睫毛朦胧在烟云之中,成为梦的背景,诱惑你。

你努力使内心恢复平静,企图缓和心灵焦灼和矛盾冲突的一切行动都宣告了徒劳。

你注定有一颗永不安宁的灵魂而无所归处。

你将在追求中丧失一切。

梦想将永恒地闪烁着动人的光彩;

那辉煌的征程迷惑你,煎熬着一腔热血;

直至生命的尽头,成就逐日的雕像。

命已注定你是一个悲怆的诗人,你的自尊神圣地屹立如门,你敏感地把心贴在门上,等待被敲响。

在你暗自庆幸的时候，你已深陷悲剧。

"我要给你我的追求
还有我的自由
可你总是笑我一无所有……"
歌声从墙的那边偷偷地钻进来，骚扰一颗孤独的魂灵。
于是，自己也被激怒了，把录音机那女人的号叫开到极限；
就在这极限里，你平静自己。

闭上倦怠的双眼，打开梦的门和窗。
走进去，义无反顾地走进去，肆无忌惮地创造另一个天地的另一个生命。
梦中才真正羽化出"真我"。
从梦中醒来的人，纷纷戴上面具，掩饰真正的面孔；
于是真实被蒙蔽、信用被分割，许多面孔叫你清晰什么是陌生。

梦不知什么时候溜走了，连一份感觉都没有抓住，
你很想告诉自己：是的，什么也没有发生。
一两声鸡鸣在这冬之深夜，叫成一片凄凉。
就在这片凄凉里，书桌上的台灯孤独地散发寒光。

荒 原

一缕无依无靠、无寄托、无归宿的孤魂,游刃八极,漂泊在一片空旷的荒野。

没有温柔的月光洗涤你;

没有温暖的太阳抚摸你;

热就热得口干舌燥,冷就冷得寒心透骨,没有女性柔软的依偎驱赶你的孤独。

没有飞天的衣袖;

没有扶摇直上的鲲鹏;

没有超凡脱俗的精灵;

没有翩翩起舞的梦蝶;

你手中失血多年的拐杖,变不成一片桃林。

不再有轻盈的脚步声,诱开一道心门;

不再有宜人的三月,盛开朵朵鲜艳的桃花;

不再有醉人的九月,挂满累累硕果。

即使跋涉是命中注定的徒劳；

即使汗必白出，血必白流；

即使等待是永不可企及的幻象；

你始终坚信有一块迷人的绿洲，在前方、在远方、在你心灵的深处；

还有一条妩媚的清泉，柔美地抚慰你的疲惫。

故乡的小河

故乡的小河，在记忆里流淌，纵然远在天涯，故乡的小河永远不会干涸。故乡的河水，深情地流入你惆怅的想象。

踏上故乡的小路，想象故乡小河的清澈。如烟的往事涌出雾蒙蒙的瞳孔，打湿你许多许多的少年梦想。

当你满身的疲惫伫立在小河边，你才发觉家乡的小河正是你童年梦幻的底色，成为你想象之源，成为你仰视蓝天之根。故乡的小河，融入你一生的背景和底蕴。

故乡的小河在无休止地流淌，所有的风都无法抚平河水的皱纹。前面是一抹如血的残阳，背面是整个黄昏，岁月像身旁顺流而下的河水。

竖起风衣宽大的领子，独自走进深秋的故乡。孤单单徘徊在黄昏的村口，凭空想象夜色的温柔。

想象你走出秋天，凄美和感伤的天空怒放出满天纷飞的雪花，覆盖你前行的方向。

这时候，你感觉有一条碧绿的河水正柔软地抚摸你远离家乡的伤痛。在异常酸楚的慰藉之中，你总感到背后有一双幽怨万端的眼睛，正柔情似水地目送你再次远走他乡。

晚霞依依

A

空旷的足音叩响破碎的记忆,沿着那条熟悉的小巷,我走向陌生。

昔日的玫瑰已成为失血的标本,连同两瓣芳唇已被夹入沉甸甸的旧梦。

在严寒的边缘,心思因无所依托而惶惑不安。渐大的雪花自阴蒙蒙的苍穹落下来,惨白的记忆成为思念的注脚。

乘风而去的是衔在门口的承诺。冷风瑟瑟,弯腰在相思树下拾起一片三月的谎言。

B

走出牵魂的小巷,背后是你的歉意。转身凝视,你渐远的背影朦朦胧胧。

离开,后背少了温馨的叮咛。

灯光依旧橘黄,如你温情的眼睛,泛出炫目的光泽,开启我心中的泪泉。一轮残月之下，有走不完的孤独。

离开，不再是走入你的思念。

C

一抹残阳勾起无边的遐想，在无人的旷野我放飞无绪的悲凉。

白天与黑夜共同占有的地方，你依偎于门口说："我爱你。"于是我拼命地高兴，拼命地等待。最后你温柔如故地说："我走啦。"真的，你没有再回来，敲肿食指的大门终于没有敲开。

那时，我不知道什么叫失恋。耐心呼唤的一个芳名在日记中遗落的时候，倦怠的双眼仍合不上沉重的眷恋。

D

我不再等待。无数次的徒劳之后，我不再等待。初恋的日记已半掩尘埃。

山上那株刻有两个名字的小树，不知还有没有、在不在。终于自己的诺言也被遗忘，随风飘落的不过是你寄来的碎片。

我不再等待，初恋仅仅是让人徒具安慰的无奈。

地平线在远方依旧扩展召唤，我不再等待，我将用你的影子——重新丈量爱情。

好的习惯会受益终生

惊魂的感觉好久没有体验过了。

越活越胆小的我,信奉小心驶得万年船。惊魂未定的后怕感,我只在二十多年前遇到过。

那是二十五年前第一次学车,在部队的汽车营里,我开着大解放对着营房就冲过去了,万幸开的是教练车,万幸教官及时踩死了副驾的刹车。

第二次惊魂就在学车不久,那时还没有导航,发现要错过路口了,一把方向就右转了,差一点侧倾翻车,车上的朋友吓得都变音了:"转弯你不减速啊?转弯你不打转向灯啊?转弯你不看后视镜啊?"

从此，非正规培训、野路子学车的我，开车比驾校培训出来的还讲规矩。京城行车十多年无剐蹭，足以说明我开车小心谨慎。

我不是开蜗牛车，在全球著名的堵城，八万公里路程平均车速32公里，真的很不蜗牛！咱靠的是行车规矩、停车规范，宽容是人最大的修养，与人方便，自己方便，与人为善，善意永伴。

这次惊魂，也是在我规规矩矩开车时，突然降临的。

2020年北京的第一场雪，下了整整一夜。早上八点，雪已经停了，但路边积雪很多、路上很滑，我开车就更规矩了。

离到单位还有一个路口，一个没红绿灯的小路口，直行过路口就是停车库，心情终于放松了下来。

突然一辆小车从胡同里左转行驶到了我的车前，吓得我刹车喇叭一起踩按，我感觉到全车抱死的抖动，松一下刹车立刻再一次踩死，但车仍然沿冰雪的路面撞过去。

我的SUV正对这辆微型小车的驾驶室，我看到了小车驾驶室，那双惊恐的眼睛，我脑海里已经闪现了120、122和保险公司的电话……

我耸起了身，用全身的力量死死踩着刹车，我仿佛听到两车间，空气被迅速挤压的声响。

上天开眼！两车似触未触的瞬间，车居然停下了。

在我惊魂未定的呆滞中，这辆小车居然嗖的一声，跑了。

看来他是知道规矩而不守规矩的人，转弯让直行啊！严重鄙视这类人。

把车停到地库，心还是拔凉拔凉的。

我突然心疼起我的车了，这两脚刹车，得赶上我一年刹车的损耗了。

心神未定的我，开始像大人物那样，复盘这场雪地惊魂。

是行车的好习惯，主动防御性安全驾驶，让我的惊魂变成有惊无险。过路口减速，右脚放在刹车踏板上，过路口后，发现没有危险，再换加油踏板，快速离开路口。在变换刹车和油门踏板的时候，后脚跟不离地，也是防止误踩的好习惯。

有一位百万公里无事故的老司机说过，要预见性、防御性开车，用最少的刹车、最少的鸣笛，安全到达目的地，才是真正的驾驶高手。

是这辆225的宽胎、配备刹车辅助系统的爱车，让我的惊魂变成有惊无险。五年前买车的时候，狠心买了四驱旗舰车型，安全配置是考量最多的因素。关键时刻，能救人一命，不论是救自己，还是救别人。

好的习惯真的会受益终生。

安全配置再多也不是浪费。

赞美母亲的诗

上初一的女儿今天突然问我,你给爸爸妈妈写过诗吗?

我一下子就蒙圈了。

号称诗人的我,给祖国写过诗、给老师写过诗、给同学写过诗、给爱人写过诗、给女儿写过诗,甚至给不曾谋面的梦中情人写过诗,唯独没有给自己的父母写过诗。

我老脸一红,对女儿说,我一定给你爷爷奶奶写首诗,必须的!

学校要一首赞美父母的诗,你帮忙写首呗?

我现在正追读一部小说,没时间啊。

我记得曾模拟你的口气,写过一首儿歌,与母亲有关,我翻翻微博,发给你吧!

果然,2008奥运会那年,我写过这么一首儿歌:

《我有一个好妈妈》(详见儿歌卷)

怎么样?打发老师足够了吗?我边看小说边打发她。

女儿读了一遍,啥也没说。

半天没听到女儿的声音,只见她俯在书桌上又写又画的。

爱人走过去,惊喜地拿起一张纸,对我说,知道女儿平时为啥看不上你的作品吗?

你看看她的作品:

赞母亲

婴儿时,
您摆动着双臂,
哄我入睡,
不疾不急。

幼儿时,
您吟唱着歌谣,
逗我开心,
不躁不燥。

小学时,
您诵读着小诗,
伴我学习,
不气不弃。

以后呀,
我希望,
希望您健健康康,
不殃不恙。

这,这,这……
原来被别人嫌弃,总是有原因的。

初恋的主打歌

初恋和追忆初恋时,经常吟唱的歌,当然是《同桌的你》了。虽然不知道没有牵过手、没有拥入怀的算不算初恋。

　　你从前总是很小心
　　问我借半块橡皮
　　你也曾无意中说起
　　喜欢跟我在一起

在最初情愫萌动的初中,我们学校的座位,是一个季度调换一次的,因此我曾经拥有了数个美丽的同桌。

　　那时候天总是很蓝
　　日子总过得太慢
　　你总说毕业遥遥无期
　　转眼就各奔东西

我的同桌,现在有一个当了医生,有一个做了教师,有一个干了会计,有一个与我已经天各一方……

谁娶了多愁善感的你
谁看了你的日记
谁把你的长发盘起
谁给你做的嫁衣

  没有告白过的初恋，没有经历过爱情诸多环节的初恋，是我最初对异性的一丝美好向往，是单相思或多相思的一种情感呈现。甜丝丝的、酸溜溜的、朦朦胧胧的、回味无穷的……

从前的日子都远去
我也将有我的妻

  再回首、再相见，再也不是当初的初恋。知不知道当初彼此的情意，已没必要。早已褪色的照片，仅仅定格了某一个时间节点、固化了怀春期美好的一段时光碎片。
  同桌您好，初恋您好！
  好久不见，甚是想念。
  我们都要好好的。

悠悠车梦

之一：拍车

兴奋、激动、紧张，还是忐忑？这是我第一次参加拍卖会，第一次举牌。

拍卖物品：1992年的奥迪轿车，车况良好，但已跑了20万公里。

走进竞拍现场，每个参加竞买的人都跟了三五个人，都是志在必得的神情，只有我孤身一人。

拍卖师、书记员们都带着职业的微笑。

"起价5万6，每次竞标加价1000元，竞价开始——"

片刻的沉默、等待——

突然1号出手了，"1号5万6千——"

紧接着5号举牌，"5号5万7千——"

"1号5万8千、5号5万9千、1号6万、5号6万1——"

这两拨人马都势在必得的样子，举牌之快，报价之快，让在场的人都目瞪口呆，别人竟没有了举牌的机会和勇气。

价格一路飙升，到了8万突然感觉速度一缓，只见5号又重新举牌，1号也缓慢跟进。

"8万4，1号8万4千一次，1号8万4千两次，1号8万4千……"

拍卖师低沉缓慢地喊着，激动人心的时刻呀！我悸动、不安，脸红了、气也短了，这时竞价已经要越过车本身价值了。

突然，拍卖师眼光一亮：

"2号8万6千，2号8万6千一次，2号8万6千两次——"

满场寂静，听得到呼吸声从四处传来，拍卖师的声音又响起：

"2号8万6千三次。""嘭！"锤起声落……"成交！"

最后举牌的是我。我这一举，仅仅是听了朋友的一句话。开场之前，我走出场外，拨通朋友的手机。

"估计8万拿不下来了——"

"再加5千6千的也无所谓呀！"

"你还是亲自来吧——"

"我有事走不开，你做主吧！"

成交了？我心里咯噔一下，加上交易费已经超过朋友的上限了。

拨朋友手机占线，再拨又是占线，占线，占线——

5分钟了，手机突然出现"你所拨打的手机已不在服务区——"

我禁不住心跳加速。照拍卖师的话，如果成交放弃了，1万元的保证金就不退了，而且，重新拍卖时，如果拍不到8万6千，就要补齐差价才行——

靠！难道自己拿下？已经等同于市场价了，还算什么单位内部拍卖呀？再加上3%的拍卖佣金，1.5%的交易过户费，而且新车在不停地掉价——

成为有车一族，我还没有心理准备和经济准备呀！虽然我已考驾照6年了。

唉！还是相信朋友吧，我自我安慰着。

半小时，难以平静的半小时。

突然，熟悉的手机声响起——我急忙打开手机。

"我刚出山区，刚才信号不好。竞拍得怎么样啊？"

"8万6千，我们成交了！"

"8万6千，有点贵呀！我下午去看看车吧。"

我心里又咯噔一下，"好的，好的，嫌贵，我把卖书的钱贴上，你接手也行呀！"

"不是那个意思，不然我带钱看车吧！"

下午，看车，朋友还比较满意。去拍卖行交钱的时候，拍卖师已经走了。"明天上午吧！"拍卖师在电话里说。

我又在忐忑中度过了2000年秋天的一个夜晚。

那一年，一个科级公务员的工资大约是1000左右。

之二：车房冲突

学车、办驾照后，对车的关注不由自主就多了起来。

领证几年内，是最迷恋车的时候，摸不到挡位，手特别地痒，这个时候，亲戚朋友的车估计也借遍了，再借就要给脸色看了。

拿到驾照十年后的一个秋天，我情理之中、意料之外地来到京城工作。

来京之前，早就知道北京的房价高出老家十倍。于是在老家的大房子里，和媳妇商量到北京是先买房还是先买车呢？

商量来、商量去，也没有啥定论。索性用数比的方法，写出买房、买车各自的优点和缺点，看谁优点多、缺点少就选谁。

最后达成共识：先买车。有车，既体面又方便，扩大了生活的半径和视野。

到了京城，直奔各大车辆销售的4S店而去。

首先是车身颜色的困惑。和爱人共同否决了黄色和绿色，虽然黄色绿色的车鲜艳漂亮，便于识别，引人注目，可惜我们已不是青春年少——

黑色稳重大气，但不耐脏，而且夜间停车容易被忽视、被剐蹭。

白色倒是耐脏，而且纯粹、尔雅，但大多不是金属漆。

蓝色、银灰还是在纠结中。

十全十美的车不是没有，但它总与口袋厚度有矛盾。

车型对比、配置对比、油耗对比、尺寸对比、价格对比等等，不得不说，选车是个头痛的事。

突然有一天，爱人说同事们买了宝马和奔驰，感觉不错，我们是否考虑？

我看看她,手半天也没有从口袋里抽出来——

买车的冲动被严重打压。这时候北京的房价开始升温,月月看涨。

于是换一个角度来考虑问题:买房,是增值;买车是贬值。

角度决定了态度。我们的目光转向了北京各大楼盘。

经几番对比,在来京两个月内迅速敲定了四环边的一处楼盘。

过后还感觉,订房是不是有点冲动,不会被售楼员忽悠了吧?!

事后证明,并不是所有的冲动都是魔鬼。

否则,现在再买房,首付都筹不齐了。

该楼盘半月后每平米涨了1000元,半年后每平米涨了5000元,两年后翻了一番,十年涨了十倍。

之三：车库

买了房，花钱如流水的日子就来了。

定金、首付款、贷款、契税、维修基金、装修费、材料费、灯具、家具等等开销接踵而至——

用尽了所有积蓄，借了所有能够借的钱，贷了最大限额的款。

有一天，收电视费的人上门，才发现口袋里的现金加上银行卡里的存款不足以支付216元的收视费。好在有来京照看宝宝的父母在，及时给交了费用。

呵呵！也真正体会了一把什么叫拮据。

为省一元公交钱，而走上三四站地的日子；身穿二十年前衣服的日子；每天盘算发工资、天天捉襟见肘的日子，终于在三年后过去了。此间的艰辛，不说也罢，省得被人误解为故作窘态。

搬入新居三年后的一个严冬，无意间在地下车库里，发现了一张出售地下车位的告示。不知道是不是开发商的故意，难道是车位抢手，不想张扬，但照北京市规定必须公开发售，才不得不贴了巴掌大的告示？

经打听，一个地下车位才7万元，还给办理正式房产证。记得上次回老家，就听说老家市政府宿舍院一个地上车位要10万元左右，而且根本没有办理房产证之说。我还对比了一下租金情况，在北京租一个车位大约是老家租金的十倍。

值，太值了！压抑数年关于车的欲望又冲动了一回。

没钱买车，就先买个车库吧！有了马鞍，马还会远吗？

虽然因为急于还借款，现在手头上并没有多余的存款，但咱有筹款能力、有还款信誉呀！咱每借一笔钱，都出具借条，每一笔借款都在被借款人催要之前偿还，每还一笔借款都奉上与银行一样的利息。

三天后的深夜,滴水成冰。小区外不起眼的小房子外,悄然排起了长队。

好在我来得够早;好在我早就手绘了车位图;好在我早就请教过老司机,什么样的车位好停车(地下车位基本上是两个承重柱子之间有三个车位,中间的不能选,如果两边的车停得不规矩,你开门都困难,最好是面对车位时右手那个最好,这样倒车入库后,柱子后边的空间足够开门上下车了);好在排到我的时候,还有选择的余地。

半年后,坐在宽大的落地窗前,望着窗外楼下、路边一排排的汽车,美美地喝着咖啡,听着北京限堵政策频频出台的信息,既有开始摇号购车,又有大幅度涨城区停车费——

我抚摸着北京市政府核发的39平米的车库房产证,得意地感叹:谁说冲动是魔鬼啊?

之四:情定某马

一次普通的感冒,竟然改变了我对车的选择。

有一天,感冒后感觉体能在下降,难道自己老矣?我自言自语地去开我们单位的奥迪车接领导。

打开车门,进入驾驶舱的瞬间,突然感到上车是那么困难,这哪里是"上车"呀?分明是"下车"嘛,是屈膝弯腰下到车里啊!

真要到年纪大的时候,这轿车怎么"上",或者说怎么"下车"呀?

不行,自己离年纪大也没几年了,得买一辆能"上"的车才行。

看来坐姿高、上下车方便对于我来说，应该作为主要的选车标准。

某马的 SUV 进入眼帘⋯⋯

与某马车的缘分要追溯到 1991 年，那一年我第一次坐进口车，以前除了"金杯""桑塔纳"，我坐的小车很少。那是我原单位领导的座驾，一辆米黄色的某马轿车。

当时我到省城出差，第二天办完事刚想去车站坐火车返回，有一辆车从后边驶过来停在我身边，车窗摇下来，"小同志，要回去吗？来，快上车！"原来是我们领导。

我第一次发现领导也是和蔼可亲的，第一次发现坐某马车还那么舒服。

我的属相是马，与某马是不是也有缘？

某马追求"人马合一"的境界，我的星座是射手座，与某马是不是也有缘？

我名字的第一个字母是"C"，生日是 5 号，与某马 C-5 是不是也有缘？

210mm 离地间隙、2.5L 直喷发动机、双独立悬挂、6 速手自一体变速器、超低油耗⋯⋯

肖马、射手、5 日，今天不是我的生日吗？

好吧！情定某马罢了！

（《悠悠车梦》荣获汽车之家全国汽车征文大赛二等奖）

第三辑 附录卷

卷首语

宝宝说：老爸、老妈，
你们要努力哦！
爸爸一脸的苦笑，其实在偷笑。
妈妈一脸的无奈，
其实心里乐开了花。

平凡的一天（外三章）

殷　敏

今天是一个平凡的日子，是生命长河中一个普普通通的日子。

太阳和往日一样灿烂，我和平常一样起床跑步。和往常有点儿不一样的是，自从"阳过"后，中断又重新恢复的跑步，总是很难一口气跑完5公里，今天居然一口气没停歇地跑完了6公里。因为这个进步，有了一点刷手机的时间。

仅仅十几分钟的时间，刷了几个小视频，居然个个都有收获，我赶紧把刷到的几个小视频和一些感想记录下来。

第一个视频是刘强东接受采访，谈到自己对工作的热爱：闲几天还可以，如果长时间地不工作，只享受生活，不仅会觉得无聊，甚至会觉得痛苦。这使我想到这两天的工作，有两个大的汇报。领导以严谨和细心著称，会有很多的问题和质疑。原来我想到这些问题的时候，会觉得压力非常大，非常抵触被挑战和质疑。现在复盘起来，就觉得领导的质疑使自己的思路开阔了很多，通过讨论确实也可能有更好的解决方案，打破了自己原有思维的限制，解决问题的办法也有了一个新的突破。这样想下来，要学会享受工作带来的苦乐酸甜，才能使自己在认知上有所突破和成长。生命的价值在于让自己成长，努力工作是取得成长最重要的路径之一。

第二个是周国平的视频课，谈到王阳明带学生爬山的故事：万仞高山，只登一步。不要想着山高路远，一步一步攀登就能登顶，关注和走好脚下的每一步更重要。这使我想到了我们字节老板提倡的"always day 1"，要做好当下，不忘初心。最近刚过了在字节的5周年，觉得在一家公司干了5年，已经是资深员工了，心理上有些懈怠，想想漫长的职业生涯觉得人生没有希望。但想到"always day 1"和王阳明的故事，确实要有当初第一天进字节时的理想和心态来做好当下的工作，一步一步做好当下，5年也就是一晃而过，时光并不漫长。万仞高山只要一步一步攀登，登顶是一个必然结果。踏踏实实做好手头上的每项工作，今后一定会有更大的收获和成长。

第三个视频是月亮姐姐在中国传媒大学毕业典礼上的致辞，令我印象深刻的是，她念了写给自己孩子的一封信：愿你健康、快乐，做自己想做的事情，成为一个充满阳光和自信的人，让身边的人都会因为遇到你，而觉得这个世界更加美好。这使我想到了自己对孩子的教育问题，看到月亮姐姐对孩子的期待，与自己对孩子的期待是一致的：健康、快乐，让周围的人因自己的存在而生活得更好。但让孩子成为一个充满阳光和自信的人，是我一直没有关注过的。确实，充满阳光和自信才可能使自己更健康和快乐，这是一个人的根基。健康和快乐是表象，充满阳光和自信才是根本。

短短的十几分钟，收获虽浅，但很开心。每天感悟一点点，每天成长一点点，每天进步一点点，人生就会越来越充盈。

哭笑不得

有一天，我们三家聚会，三个闺蜜，都带着孩子。三个大人在聊天，三个五六岁的孩子也在聊天，气氛那是相当地和谐。

不知不觉，三个孩子开始吹牛了，当然，她们吹牛的主角都是自己无所不能的爸爸，吹着吹着，我们仨大人也不约而同地侧耳倾听起来。

一个宝宝说，我爸爸会开车，大车、小车都能开。

一个宝宝说，我爸爸会做饭，好吃的、难吃的都会做。

我宝宝年龄小一点，轮到她的时候，她好像觉得她们把爸爸的优点都吹嘘完了，就说：我爸爸呀，剩菜、剩饭全吃，家务活全包！

那俩闺蜜立刻转过脸看着我，那眼神是讥笑，还是羡慕妒忌？

一刹那，我竟不知道应该做出不好意思的表情，还是应该满脸羞愧，还是应该一脸的幸福状。

真的让我哭笑不得啊！

安慰影子

"你疼不疼啊，你疼不疼啊？"在路灯下的宝宝蹲在地上冲着地面喃喃自语着。

吃过晚饭，带宝宝一起去散步，我和她边走边聊。老大一阵子没有听她叽叽喳喳了，转身一看，发现她正在对着地面自言自语。

"你在干什么呢？"

"我在安慰我的影子啊！刚才那个大哥哥从我身边跑过去，踩到我的影子了。我得安慰一下她，要不然她会伤心的，就不和我做好朋友了。"

"小傻瓜，影子是不会疼的，她会一直跟着你，一直做你的好朋友。"

"不是的，妈妈，照顾不好影子有可能会把影子丢掉的。"

"谁说的？"

"你不是和我一起看过动画片《小飞侠》吗？那个彼得不是为了听故事把影子丢了吗，还是玛丽帮他缝上去的呢。"

嗯，果然呢。影子正了，身子才能不斜。人长大了，就忽略了对影子的保护。确实，我们应该好好照顾我们的影子呢。

"好了，现在影子应该不疼了，你站起来走走看，她一定会跟着你的。"

宝宝小心翼翼地站起身，慢慢地迈了一小步。果然，影子跟着动了。她开心地笑了："我说得安慰安慰影子吧，现在没事了。"

你需要心灵鸡汤吗

现代网络社会，各种各样的心灵鸡汤越来越多，甚至有一些被大家定义为毒鸡汤。静下心来想一想，大家需要心灵鸡汤吗？我的答案是肯定的。

心灵鸡汤的载体不仅仅限于一段文字，可能是一幅画，可能是一段音乐，也可能是一个朋友的支持和鼓励，也可能是一个长者的建议。更可能是让自己或坚强，或充盈，或感动，或鼓起勇气，能让人走向美好的任何东西。

在老家过了一段安逸的机关生活后，我打算考研。一本本的考研资料垒在书桌上，像一座小山的时候，我突然心生了怯意。面对那么多的内容，休闲了一段时光的大脑，真能容得下那么多东西吗？我抓了几本心灵鸡汤的书，在学不下去书的时候，就读一读给自己鼓鼓劲。我现在甚至想不起当时读的是什么书、什么内容了，但对当时的我，起了极大的鼓励和镇定作用。

最近热传的北大法学院大三女生自杀事件，大家都为她感到惋惜。且不说能考上北大孩子的智商，就说一个风华正茂的女孩子，为了一个所谓"熠熠发光"的男人，为了一段自以为"美好"的爱情，放弃了自己宝贵的生命。为什么没有认识到生命的可贵？被人不知不觉PUA了，是否缺少了心灵鸡汤的滋养？也许这个女孩在遭遇到男友百般侮辱和贬低之时，能看到关于生命的价值，关于美好的感情是什么，关于父母含辛茹苦养大一个孩子的艰辛等等，可能就挺过这个坎，重新书写自己美好的人生。

心灵鸡汤在人生的困境中能够帮助我们，给予慰藉。当然，鸡汤是需要选择的。适合自己的才是好鸡汤，不适合自己的就是毒鸡汤。就像食物，在饿的时候食物是美味的，在肚饱腰圆的时候，美味食物对我们就没有任何吸引力。

愿大家在需要的时候，都能找到适合自己的心灵鸡汤。

不虚此行（作文十篇）

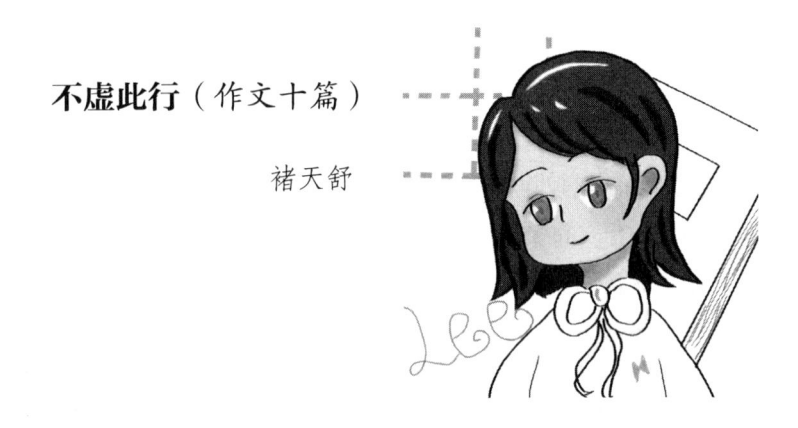

褚天舒

我与围棋的故事

上小学的时候，我兴冲冲地拿着课程表回家了。妈妈和我兴奋地研究着课程表，"妈妈，我们有围棋课呢，围棋是什么棋呀？"妈妈说：围棋是一种古老的智力游戏，下起来很有趣，但学好了也不容易，妈妈都不会下呢。

到了围棋课，老师带领我们去围棋教室上课。老师拿了两盒棋子，黑白两色，给我们讲围棋的基本知识。比如说围棋有361个交叉点，围棋需要注意什么，等等。我觉得这不是和上语文课和数学课一样吗？就是老师讲，我们在下面听吗？这就是围棋课吗？出乎我意料的是，接下来的课就越来越有意思了，老师给我们讲了许多新鲜的词，如眼、扑、星位、打吃、打截、小飞、先手等等。在老师边讲边示范的过程中，我学会了如何去进攻、防守，如何避免被别人吃掉。我逐渐地懂得了，看起来对我很有利的局面，也许一颗棋子的错误就会满盘皆输。一个学期下来，我的围棋也基本入门了。

有一天回到家,我给妈妈说:"咱们下围棋吧?"妈妈说:"我不会下呀,你教我?"但是妈妈真的不好教,我一点点给她解释,"眼"怎样才能形成,在什么情况下是有"气"的。但真正下起来的时候她还是不懂如何形成眼,怎样才叫"活"。妈妈着急地说:"好复杂啊,不玩了。"我说:"妈妈,你太没有耐心了,学围棋很有意思的,你学起来会觉得脑子转得越来越快。"妈妈说:"平时我教你的时候,你不是也会着急吗?"我一想:是啊,以后学习的时候还真得注意,不能一遇到不会的东西就想放弃。仔细思考一下,多用点心,一定能学会的。于是我和妈妈达成了约定:学围棋的时候妈妈要有耐心,妈妈教我学其他知识的时候我也要多动脑子,不能一遇到不会的东西就打退堂鼓。

俗话说得好:"脑子越用越灵活。"只有多动脑筋,才不会在下棋时急于求成,而是踏踏实实,一步一步地占领对方的阵地。一旦大意或急于求成,往往会以失败告终。

从开始学习围棋到对围棋产生强烈的兴趣,我喜欢一个人对着棋盘琢磨,喜欢和爸爸妈妈有空的时候杀一盘。原来坐不住的我下起围棋,半个小时、一个小时不动也是家常便饭了。而且我越来越喜欢动脑筋了,学习中遇到不会的题目也学会思考了。同时,对其他需要动脑筋的棋类和活动也开始感兴趣了。

妈妈说:人生其实就像下棋。遇到高手时要迎难而上,坚持不懈,输赢都是进步,都是快乐,都是收获。下棋重要的不是结果的输赢,是下棋过程中的乐趣和技艺的提升。

学习就像下棋,我们需要在学习的过程中,去思考、去领悟、去成长。老师说:"棋盘有 361 个点,每个点都有它的价值,不能忽视;正如一年有 365 天,人的一生才 3 万多天,每一天都有它的意义,不应虚度。"

奋斗的味道

（初一期末考试现场作文）

跨入初中的校园已有近一年了，这里的生活，无疑是多姿多彩的。千百种味道中，那最浓烈炽热、与众不同的就是奋斗的味道。

运动场上，我们挥汗如雨。 冷天里，我们在宽阔的跑道上列队齐跑，风吹得人脸颊和耳朵泛起红晕。我在其中咬牙坚持着，就算被风刮得生疼，就算肺被撑得喘不过气来，就算双腿像注了铅，也要拼尽全力，奋斗出最健康的身体。跑步的过程，就是不断进取的过程，跑步中，我感受青春活力的跃动。这是跑步中，奋斗的味道。

临近期末，我们刻苦攻坚。 教室中飘荡着浓厚的学习氛围，时而，寂静得能听见一根笔落地的声音；时而，大家聚在一起小声讨论问题，互相提问；时而，有老师正讲解题目，同学们又全神贯注，都支起耳朵，生怕漏听一个字。这就像一场没有硝烟的战争，每个人都是以知识武装起来的士兵，奋斗在学习的战场上。在这里，我们绽放最耀眼的自己，为我们的理想不懈奋斗。

入了考场，我们专心致志。 坐在自己的座位上，展开洁白的卷纸，理好要用的文具。一瞬间好像从士兵变成了那运筹帷幄的将军，排兵布阵。铃声骤然响起，所有人的笔尖"唰唰"与纸面相触。在这里，我们兑现平日付出的努力，想要展现最出色的一面。因此，我们奋斗着，为了成绩出来时能一展笑颜，为了获得成功的喜悦，更为了超越自己，放飞梦想。

这就是初一，这就是奋斗的味道，让我们一起奋斗吧！"宝剑锋从磨砺出，梅花香自苦寒来"。让我们共同创造美好的明天、美好的未来。

诚　信

　　诚，忠诚于自己、亦忠诚于他人；信，相信自己，亦相信他人。生活是点点滴滴的小事构成的，诚信做人就体现在一点一滴的小事中。

　　在一次游泳课上，老师让我们每人游十个来回，游完就可以上岸休息。泳池里水的温度不高，一入水周围便有缕缕冰凉往身上钻，仿佛要将骨头也冻起来，待久了嘴唇都要发紫。

　　刚开始两圈带着热乎劲儿很快游完了，再到后来，我和同学们便有些支撑不住。我们双手扒在岸边，大口大口地喘气休息，可是身体不活动，又抵不住凉意的侵袭，如此反复之下，又勉强游了三个来回。"这也太累了""什么时候才能游完啊"……我们开始议论抱怨起来。

　　我们看着泳池中的人们密密麻麻，像下饺子一样，一眼望去眼花缭乱。浑水摸鱼、滥竽充数，老师似乎也看不出来。已经有一些同学悄悄爬上岸，不去游那些剩余的圈数。我刚想也跟着他们上岸，却又犹豫了起来。如此对待老师、对待锻炼、对待自己，显然是不负责任的行为。随即我又看到那些同学裹上浴巾，面色也早已恢复红润，在泳池边坐着好不惬意。而我还泡在水池里打战、拼命游着，我又觉得也许不受这个罪为妙。偷懒的想法逐渐萌生，仿佛越想上岸，旁边的水就会愈加冰冷。我的手撑在岸边，想出水时竟感到身体异常沉重，不知是因为水浮力的消失，还是压在我心头沉甸甸的念头。我咬咬牙，又回到水里，无论如何要做到诚信，无愧于心，坚持游完全程。周围的水依旧是那么冰凉刺骨，全身的细胞都在叫嚣着寒冷。我心中却已是一片清明，每划一下水，便被清冷的水温柔地抚过，抚过心中的阴霾，留下春暖花开。运动带来的暖意很快便游走在四肢百骸，心中属于诚信的力量也随之悄然流淌。

最终我游泳测试的成绩，自然比那些躲在岸上偷懒的同学好上许多。诚信对待每件事，自己也将会受益多多。

诚信就像是沙漠中的一杯水，可以给口渴的人们带来一丝清凉；诚信就像是远处的一盏灯塔，可以给在茫茫大海上迷路的人们指引方向；诚信就像是一本有益的书，可以让人们开阔视野。对待事物不诚信而取得的那些蝇头小利，终究只是眼前的利益，诚信带给我们的才是持久的收益。

总有诗词感动我

古往今来，诗词传达着人们的美好感情、高远志向、傲岸情操、家国情怀……细细品读，从中深受触动。总有那么一两句诗词，不经意间掠过生活的瞬间，留下满心充盈的喜悦。诗词浸润着我的思想，温暖我的心灵。

诗词景之美，自然之美。山水的秀美、草木的生机、花鸟的灵动、日月的光辉蕴含在句句诗词之间。我走过春天的江南，感受白居易"日出江花红胜火，春来江水绿如蓝"的鲜艳夺目；脚踏田园小径，感受陶渊明"采菊东篱下，悠然见南山"

的闲适超脱；漫步雨中，感受苏轼"水光潋滟晴方好，山色空蒙雨亦奇"的开阔胸襟。即便是我未曾到过的地方，也有诗词帮我遥望，就像"大漠孤烟直，长河落日圆"，"回乐烽前沙似雪，受降城外月如霜"所展现的异域风情，中国的每一方土地，都成了熟悉的故乡。

诗词情之美，真诚之美。"海内存知己，天涯若比邻"用清新爽快的语言慰勉友人，勿在离别之时悲哀，体现真挚友情，读之令人豁然开朗。"露从今夜白，月是故乡明"，诗人遭逢离乱，又在这清冷的月夜，自然更是别有一番滋味在心头，思乡之情流露在绵绵愁思中。屈原《离骚》中"亦余心之所善兮，虽九死其犹未悔"的忠贞情怀感动着我。杜甫"国破山河在，城春草木深"，一个"破"字，继而一个"深"字，使人怵目惊心，令人满目凄然。这种深沉的爱国之情，也烙印在每一个中华儿女的心中。

有景有情，构成了深刻隽永的诗词。一行行诗句是一只只翩然振翅的彩蝶，将我带到美丽缤纷的花田中，收获蜜一样的感动。

把握当下

在这个周六的晚上，我观看了《冰雪奇缘2》这部动画电影，其中的一个内容使我感触颇深：做好当下该做的事。

在一个美丽而又快乐的国度，女王艾莎拥有着控制冰雪的魔力，她的耳边常常响起空灵神秘的歌声。为了探寻自己魔力的真相，她决定跟随这种命运的指引，前往遥远的魔法森林。在这个过程中，艾莎和妹妹安娜始终保持着一个坚定的态度，那就是把握当下，不必顾虑太多，不必沉浸于悲伤。

就像一句老话说的一样：不要为打翻的牛奶哭泣。牛奶如果打翻了，覆水难收。无论怎么伤心难过，也于事无补。与其抱怨懊悔，还不如再来一杯牛奶，仔细享受它的美味。不计较生活中的得失，才能保持一个平和的心态，既能平静接受生活的幸运，也能坦然面对命运的不公。

诸葛亮的《诫子书》中写道："非淡泊无以明志，非宁静无以致远。"不看淡名利就无法明确志向，不排除外来干扰就无法实现远大目标。如果困于一些针鼻小事而自怨自艾，不就是丢了西瓜捡芝麻——大处不算小处算？

在我们平常的生活中似乎也是如此，"如果我做对这道题就好了""如果我再仔细检查一遍就好了"……诸如此类的抱怨在考试之后常常会流转于同学们的口中。可是当我们懊恼于一次考试的失利时，大把时间已经悄然流逝。确实，因为一点小小的失误而耿耿于怀，而不想着去及时改正，几乎是我们处理问题的通病。

一朵花儿凋败，不要彷徨，不要悲伤，去寻觅另一种芳香。一首曲子终了，不要彷徨，不要悲伤，去倾听另一种悠扬。所以，让我们一起试着改变想法，扭转态度，珍惜每一刻的时光，去做更加有意义的事。

图书馆奇妙夜

夜晚，漆黑的夜幕笼罩着天空，唯有清冷洁净的月光轻轻洒落，照映在一座小城堡漂亮的墙面上，泛起淡淡的荧光。

小城堡外部的装潢很简单，木质，白色的墙覆盖青色的衣裳。除此之外上面还有个大大的匾牌，龙飞凤舞地写着几个大字：则灵图书馆。在月光的照耀下熠熠生辉。

若是有人仔细听，便能从宁静的夜里听到图书馆里此时传出的嘈杂，而图书馆里面，更是别有洞天。

成千上万本书籍，一场属于它们的狂欢。花花绿绿的书皮闪过，伴随书儿们的欢声笑语。

只见几本儿童读物凑在一起嬉闹，它们把小小的身子竖起来叠罗汉，去够那些站在高高书架上的小伙伴。不一会儿又在地板上玩跳房子，用白天在这儿上班的图书管理员的墨水笔画格子。它们书页翻飞，一开一合间尽是童真童趣。

文艺类的书们优雅从容，它们互相赠送礼品——书签。有几本书在图书馆存放的古琴上跳跃，竟然叫它们奏出一曲颇有节奏感的乐声。另外的书在音乐下吟诗作对，优美的诗词歌赋缓缓流淌在小城堡图书馆内。

要书们来评价一下的话，科技类那些书可真是"怪书"。即使在这种场合，它们依旧保持严肃，只是规规矩矩地讨论学术，正如它们的内容一样严谨和一丝不苟。

瞧，教育类和法律类的那些"老师"还在提醒"孩子们"不要忘乎所以磕坏书角，提醒"音乐家们"不要把琴弦绷断。

其他一些书，像什么小说啊、财经啊、医药类的啊，甚至关于厨艺的书，也各找各的乐子，其乐融融。

派对最后，几本躺在窗户下晒月光的古籍安排图书们回到自己的位置，古籍德高望重，每一本这里的书都听过它们讲的一个个传说。

月圆之夜，则月光满盈，则灵闪烁，生命活现。水不在深，有龙则灵，则灵图书馆，这里的一切都很奇妙。

没有做到完美，也值得

在人生的旅途中，我们难免遇到一些挫折，有时我们用努力克服它们；有时，或许不是那么完美，但这一切都是我们人生路上的体验，只要我们永不放弃，尽己所能，就都是值得的。

记得那是一次朗诵大赛，我赛前将稿子背得滚瓜烂熟，但心中却无比紧张，生怕自己到了台上发挥得不够完美。

"六号。"随着主持人念到我的号码，我的心也猛地揪了起来，泛白的指尖捏了捏皱巴的稿纸，将轻飘飘的一张纸放在了座位上，心也随纸的飘零摇摇欲坠。紧接着便是上台拿起话筒，开始我的朗诵。

五分钟的朗诵好像有一个世纪那样漫长，随着时间的流逝，我记住的台词突然像被时间冲走了一样，无论我怎么想从脑海中忆起，都如同海底捞针，不见了踪影。于是我卡壳了，台下，评委们的注视让我倍感尴尬与慌张，就这样，没有一丝挽回的余地，我的朗诵已经不完美了。

刺眼的镁光灯照在我的身上，明晃晃地宣告我的失败。百感交集之下，我一直战栗的心却突然沉了下来，奇迹般压下心中失败的焦虑和放弃的念头，想到最近的努力和付出，想到他人的鼓励，心底生出无限力量,支撑我完成朗诵。

我开始冷静回想着排练时的场景,那一字字、一句句曾深刻烙印在脑海,我想到了!双唇微启,带着一丝难抑的欣喜,终是背出了那段台词。随后我就像排练时那样,甚至比平时还要流畅地朗诵出剩下的部分,饱含感情。清脆嘹亮的声音笼罩了台上台下,仿佛没有了刚才鸦雀无声的尴尬。镁光灯散发柔和却明亮的光,笼罩在我周身,好像皎洁的月光。

终了,台下响起热烈的掌声,我的脸上绽放了久违的笑容。永不放弃之心,就是贯彻逆境之光。这次朗诵看似不完美,没有达到我的预期。虽然辛苦的准备没有得到奖项,但我从中体会到了永不放弃的精神,那便是值得的。

有时候我们很难把所有事做到尽善尽美,但积累失败经验也同样值得。在这风华正茂的年华,为秋天收获做准备的时光,充满希望、永不放弃,方能以梦为马,不负韶华!

读你,让我陶醉

我坐在窗前的藤椅上,怀里捧本诗集,指尖摩挲其上诗文,偶尔拈起泛黄的纸角,轻巧地翻过页去。窗外,雨丝冲刷下迷蒙的湿气,晕染了每个角落,像一幕浓抹淡描的丹青图,涂画着大千世界。哗啦哗啦的雨声响于耳畔,我的心随之而动,陶醉在诗中雨的世界。

"水光潋滟晴方好,山色空蒙雨亦奇",水汽氤氲,带我走进苏轼的小船,随水波荡漾,慢悠悠漂往湖中央。苏轼眺望着远方,此时阳光明媚,水面点点波光。霎时,天空云锦皱蹙,像打翻了一瓶墨水，墨点接二连三地晕了下来。周遭好友慌忙跑去船篷避雨，唯有苏轼不动，任雨点洒落，滋润着他的心田。两岸青山映入眼底，在雨中若隐若现，朦胧绰约，好像在屏风后羞怯的小姑娘，露出灵动美丽的双眸打量游人。深吸一口气，那是雨的味道，此时此刻，我仿佛也能闻得到：清香、干净、沁人心脾。

一声轰隆的雷，时间与空间的齿轮交错，拉着醉心苏轼世界的我回到了现实。正是秋雨缠绵，我的目光转移到下一首诗，李商隐大概就是在这样一个夜晚写下："君问归期未有期，巴山夜雨涨秋池。"我不禁闭上眼睛，脑海中放映如此画面：

孤山墨鸦点点，四寻避处，薄云浮在天幕，酝酿出一场凄寒夜雨；池波渐满，合着满池的愁苦倾泻而出。诗人本在屋檐下静坐，恍然间天落一滴剔透水珠砸在脸颊，冰冰凉凉，更如砸在心头，不知在巴蜀度过多少时日，一载、两载，月亮圆了又缺，缺了又圆……应是前日，妻子王氏自北来书，字句惦念，她的音容在诗人脑海萦绕，细细看至信尾，"何为归期"四字触目，喉中微哽，青衫渐湿。同妻子在西屋窗下剪去蜡烛蕊花，如今竟成不可追忆的梦，倚窗而坐，落笔写就诗篇。窗外秋雨渐稀，正望那云后隐月，忽闻风声漏进，纸张与妻子书信尽翻飞至地，道不尽的相思意。

那个雨夜，我在宽大的藤椅上陶醉着，读尽欢喜的雨，相思的雨……像一段段曲折离奇的幻梦，度过这漫长诗意的时光。

目　光

岁月流年，漫漫时空长河中，一道道目光或深或浅、或灵动或沉稳、或喜悦或悲伤，它们点缀了回忆、照亮了心灵、温暖了时光。目光所至，迷茫的心逐渐坚定；目光所至，疲惫的身躯重鼓力量；目光所至，传承的精神闪烁光芒。

傍晚时分，霞光勾勒暮色，余晖洒落窗棂。我伏案桌前，笔尖抬起落下，描绘剪纸的铅稿。丝丝铅线排列，道道笔墨装点，一道道身影浮现纸面。

转眼已是月明星稀，窗外蝉鸣不绝，和纸面的沙沙声不谋而合，组成温柔的小调，将我带回到那个盛夏时光。

犹记那时，我坐在奶奶臂弯中看她剪纸。我的眼睛一眨不眨地盯着奶奶手上剪刀舞动，纸屑翻飞，活灵活现的小老虎、小兔子便跃然其上。我的目光里有惊叹、有向往，也有明媚炽热的喜爱。我学习镂、剪、剔、刻等手艺，剪出的东西逐渐做到"提得起，拎不断"。儿时懵懂的目光，也在一次次历练中剥开青涩的外壳。

思绪回转，专注面前剪纸。我抄起一旁剪刀，手腕勾勾转转，指尖按动，刀尖随笔线蜿蜒前行，划出一道道平滑的曲线。最后，用小刀锤敲出眼睛。我小心拈起剪纸两角，纸上的身影英姿勃发，坚毅的目光直指前行的方向。我想，我的眼中必也流露着这样的

163

光芒。

犹记那日，我和奶奶一起为窗户贴上剪纸窗花，冬日的暖阳透过薄薄的剪纸映在我脸上。剪纸如火红的星星在发光，在闪耀。奶奶在我耳边呢喃："现在会剪纸的人不多了，老祖宗传下的技艺哟……"回首，撞见奶奶期盼的目光，那样恳切的希望，令人动容。我回望奶奶的目光，含着对剪纸的热爱之余，多了一份责任，一份坚守。传承传统文化一路上我没有辜负自己的努力，在我手中、心中，助我坚定前行的道路，助我度过冬日凛冽的寒风，助我追寻股股梅香。

我将自己的那些剪纸作品带到志愿活动中，那里的孩子们每人领到一张小巧的红纸。我看着他们一张张稚气的笑脸，眼中闪耀着盈盈星光，和记忆中自己刚见到剪纸的喜悦重叠。后来我向他们介绍，带着他们自己动手，在红艳艳的纸上留下稚嫩而热情的痕迹。一个小女孩对我说，她以后也想学剪纸。迎着那样希冀的目光，我摸摸她的头，鼓励她去努力，真心学习传统文化。

跨越时空，我与奶奶，我与女孩，我与自己的目光交汇书写了传承之光，让我无论身在何处，前路如何迷茫，都坚定了方向，助我乘风破浪。此刻，我的目光必定是热忱而坚定的。灼灼其华的文化背后，是千万道这样的目光；目光背后，是与传统文化携伴前行的我们。

葡萄蕴深情

咬开葡萄并不华丽的外皮，汁水四溢，留香在唇齿间。其中蕴藏甜蜜的回忆、温暖的过往，在那爬满葡萄藤蔓的小院中，在薄薄暮色中皎洁月光洒落处，在夏日蝉鸣暖风拂面时，在我和外婆的心里酿成爱，酿成一片深情。

小时候，葡萄意味着外婆温暖的怀抱。

我双手握着一根长长的树枝，"扶稳了！"外婆将它用绳子系好，给葡萄幼苗搭了竿子，好让它向上爬。我喜欢吃葡萄，外婆便带着我种下。太阳下了山，星星在黑夜中闪亮登场，从未离开父母的我情绪开始低落。外婆坐在藤椅上，将啜泣的我圈在怀里。她有些粗糙的大手揉了揉我的脑袋，指向一旁的葡萄藤告诉我，等它成熟，就可以给我尝酸甜可口的葡萄啦。说着，外婆小心翼翼用指腹擦拭掉我小脸蛋上的泪珠，又继续和我讲关于葡萄的故事。我听着听着也不哭了，或许是晚风清凉舒适，或许是对葡萄的期待，又或许是那怀抱太温暖和安全，语气温柔和轻快。我转头去看外婆，只觉得那目光像落在我心里，泛起层层温情的涟漪。后来我离开外婆家的那个晚上也是抹着眼泪走的。

后来啊，葡萄意味着我和外婆互相的陪伴。

葡萄藤条越来越繁茂，沿着栏杆爬了一圈又一圈，叶片也变得饱满翠绿，遮蔽出更大的阴凉。我就喜欢在夏日的午后坐在外婆的小院里看书，阳光在葡萄藤的遮挡下落在书页上。外婆则躺在一旁的藤椅上，眯着眼睛，摇晃着椅子，优哉游哉。有时，外婆会拨开层层的枝条，把挤满枝头一嘟噜一嘟噜紫水晶般的葡萄摘下，我的手边会出现一碗晶莹剔透的葡萄。我把葡萄仔细剥了皮，便送到外婆嘴里，外婆高兴得脸上皱纹像开了花。我还在读到有趣的内容时念给外婆听，不识字的她很乐意听我念书，每当这时她的眼睛眯得就更小了。

长大了，葡萄意味着守护和期待。

在这样的时光里，怎么过都不嫌多，可是分别总会到来。没有儿时那样的哭闹，纵使万般不舍，我还是笑着和外婆挥手。"我会再来看您的……"外婆拎着一袋刚摘下的葡萄，向我手里递。我能看清阳光下外婆脸颊两侧有点滴汗珠，头上游走的银丝，心头涌上一阵酸涩。我不禁上前张开双臂，将身形已有些佝偻的外婆抱了抱，认认真真承诺道："我会经常回来看您的……"忆起幼时外婆怀里的自己，我的语气带了几分怀念和愉悦，"回来再帮您打理葡萄藤，我现在能够到最高的地方啦……"说笑冲淡了离别的伤感，外婆拍拍我的肩膀，"好孩子，下次回来，还是有葡萄等着你。"

怀抱是最有力的安慰，陪伴是最长情的告白。外婆的葡萄对我来说是温暖，是深情，是我记忆里很美好、很美好的时光，我和外婆都沉醉在葡萄的清香中，彼此深情以待。

岁月静好，因为有你在我身旁；扬帆起航，因为有你在我心房。

儿歌卷（三十九首）

褚夫玮

之一：拍手歌

你拍一我拍一，大家一起做游戏。
搭积木数豆子，唱歌跳舞盖房子。

你拍二我拍二，大家一起洗青菜。
红萝卜大白菜，芹菜菠菜和油菜。

你拍三我拍三，大家一起坐飞船。
月亮船星星船，宇宙太空真好看。

你拍四我拍四，大家一起听故事。
孙悟空红孩子，抗日英雄张嘎子。

你拍五我拍五,大家一起敲花鼓。
你敲鼓我敲鼓,敲完小鼓敲大鼓。

你拍六我拍六,大家一起抓泥鳅。
大泥鳅小泥鳅,抓到手里滑溜溜。

你拍七我拍七,姐姐妹妹穿花衣。
花褂子花裙子,百花都爱好孩子。

你拍八我拍八,大家一起吃西瓜。
红瓤瓜黄瓤瓜,吃得大家笑哈哈。

你拍九我拍九,大家一起吃石榴。
酸石榴甜石榴,红红火火过中秋。

你拍十我拍十,大家一起来学习。
读唐诗背宋词,爸妈夸我好孩子。

之二:姥姥家院子大

姥姥家,院子大,
宝宝夏天去度假,
姥姥乐得笑哈哈。

院子大,都有啥?

让宝宝数一数，查一查：
一只花狗来看家——汪汪汪；
两只小猫在吃虾——喵喵喵；
三只山羊吃青草——咩咩咩；
四只小鸭跟妈妈——嘎嘎嘎；
五只白鹅在唱歌——啊啊啊；
六只母鸡蛋儿下——咯咯哒；
七条小鱼忙戏水——哗哗哗；
八只兔子吃萝卜——咔嚓嚓；
还有院外大青蛙——呱呱呱。

姥姥家，院子大，
夏天宝宝来度假，
陪着宝宝来玩耍，
姥姥乐得笑哈哈。

之三：姥姥种菜

姥姥房前有块园，
九米长，八米宽，
除草耪地开菜园，
累得姥姥直流汗。

拿毛巾，送蒲扇，
擦擦汗，扇一扇，

凳子搬，茶儿端，
忙得宝宝团团转。

东边种萝卜，
萝卜脆又甜；
西边种菠菜，
菠菜嫩又鲜；
南边种冬瓜，
冬瓜大又圆；
北边来种蒜，
蒜苗蒜薹一片片。

小菜园，天天见，
井水浇，井水灌，
绿色蔬菜保安全，
全家吃得笑开颜。

之四：老家的圆灵枣

"七月十五红皮枣，
八月十五枣打了。"
篮里的红枣小呀小，
奶奶的歌谣飘啊飘。

家乡的枣树弯又弯，

院里的枣花香满园,
嘴中的枣儿甜又甜,
奶奶的思念在耳边。

红红的枣儿甜又甜,
小小的枣核尖又尖。
中秋的月儿圆又圆,
奶奶的牵挂在里面。

"七月十五红皮枣,
八月十五枣打了。"
故乡的月,家乡的枣,
奶奶的歌谣飘呀飘。

之五：红石榴

大石榴，圆又圆，
石榴籽们住里面。

排好队，整齐站，
千籽万籽心相连。

中秋节，月儿圆，
家家都吃团圆饭。

中秋节，石榴圆，
粒粒石榴甜又甜。

红石榴，红又圆，
红红火火保平安。

之六：大西瓜

春天到，万物发，
农民伯伯种西瓜。
西瓜种，发绿芽，
瓜秧长长会长杈。
留主藤，掐分杈。
保证养料供西瓜。

瓜藤上，开黄花，
夏天花落结西瓜。
小西瓜，大西瓜，
田里一片圆西瓜。
瓜园里，有青蛙，
瓜熟它就叫呱呱。

绿西瓜，白西瓜，
花皮西瓜油滑滑。
红瓤瓜，白瓤瓜，
还有黄瓤甜掉牙。
白籽瓜，黑籽瓜，
还有红籽瓜娃娃。

瓜农进城来送瓜，
赶着马车迎朝霞。
称西瓜，卖西瓜，
甜甜西瓜进万家。
解暑降温吃西瓜，
千户万户乐哈哈。

之七：全家逛公园

星期天，天儿蓝，
爸爸妈妈不上班。
一家三口手儿牵，
全家一起逛公园。

公园前，有喷泉，
随着音乐不停变。
喷水帘，像扇面，
喷水柱，像火箭。

公园内，有秋千，
爸站后，妈站前，
宝宝欢笑在中间，
一高一低荡秋千。

公园里，天地宽，
爷爷来打太极拳，
奶奶来舞太极剑，
乐在人间不羡仙。

草地上，铺布垫，
吃野餐，品种全。
酸奶面包葡萄干，
苹果香蕉和糕点。

湖心岛，来划船，
爸爸摇桨在船边，
妈妈揽我扶栏杆，
景色如画静心看。
不知不觉已到岸，
休闲快乐一整天。

之八：放风筝

冬去春来阳气升，
万物复发刮暖风。
爸妈放假在家中，
全家一起扎风筝。

爸用竹签扎龙骨，
妈用花纸糊两层，
宝宝拿起水彩笔，
画上一双大眼睛。

糊好风筝拴上绳，
全家出来放风筝。
爸爸托起长风筝，
我和妈妈来拽绳，
风筝逆风渐腾空，
左飞右摆像蛟龙。

蓝天白云草地平,
城外田野好风景。
全家一起放风筝,
快快乐乐真高兴。

之九：小商店

小区门前有商店,
阿姨叔叔住里面。
有水果,有百货,
生活用品样样全。

爷爷要买酒和烟,
奶奶要买针和线,
爸爸要买油和盐,
妈妈要买米和面,
宝宝要买小花碗。
花钱不多都买全,
满载而归笑开颜。

之十：小雨伞

小雨伞,顶儿尖,
哪儿雨天哪儿见。

小雨伞，圆又圆，
大雨小雨围它转。

千雨万雨连成线，
千伞万伞连成面。

无论下雨和阴天，
伞下都是艳阳天。

之十一：小花伞

爸爸买来小花伞，
五颜六色真好看。

青草白云天空蓝，
蘑菇兔子画上面。

阴天下雨打花伞，
太阳出来笑开颜。

妈妈撑开小花伞，
宝宝欢笑藏里面。

风吹雨打有花伞，

风雨无阻把家还。

之十二：小童床

爸妈买来小童床,
擦洗干净屋里放。
小童床,像车厢,
方方正正真漂亮。

木栏杆,溜溜光,
保护宝宝不受伤。
小玩具,也来躺,
陪着宝宝睡童床。

冬天到,北风狂,
盖上棉被不着凉。
夏天来,撑蚊帐,
没有蚊虫睡得香。

小童床,靠着窗,
天天都能晒太阳。
小宝宝,睡童床,
不哭不闹入梦乡。

爸唱儿歌耳边响,

妈讲故事在身旁。
宝宝床上睡安详，
一觉睡到大天亮。

之十三：小童帽

超市里，帽子全，
五颜六色都好看。
妈妈选，奶奶选，
宝宝也挑花了眼，
看中了，车上搬，
反正爸爸来付钱。

小童帽，顶儿尖，
宝宝戴上真好看。
跟妈去上幼儿园，
跟爸周末来加班，
小朋友瞧老师看，
羞得宝宝捂上脸。

小童帽，圆又圆，
样子就像太空船。
常跟宝宝去游玩，
走亲戚，逛公园，
会朋友，去吃饭，
天天乐得笑开颜。

小童帽，它会变，
天冷变厚来取暖，
天热变薄不出汗，
夏天它是遮阳伞，
冬天它能御风寒，
宝宝四季都喜欢。

之十四：小童车

爸妈买来小童车，
漂亮好看功能多，

能坐能躺能折叠,
这辆童车我爱坐。

坐童车,奶奶乐,
能干活来能歇歇。
坐童车,朋友多,
每天公园去会客。

童车上,听儿歌,
喝水喝奶吃水果,
小童车,陪着我,
幸福成长真快乐。

之十五:花枕头

小小花枕头,
天天对我笑,
不吃也不喝,
不哭也不闹。

小小花枕头,
模样长得俏,
我俩感情好,
天天都抱抱。

小小花枕头，
陪我睡好觉，
爸妈都夸我，
是个乖宝宝。

之十六：小老鼠上灯台

小老鼠，

真是坏，

探头探脑爬洞外，

偷油喝，

上灯台，

撑大肚子下不来。

小花猫，

真可爱，

蹑手蹑脚走过来，

小老鼠，

被吓坏，

叽里咕噜滚下来。

之十七：踢鸡毛毽

大清早，小花园，
叔叔阿姨围一圈，
一起来踢鸡毛毽。

鸡毛毽，鸡毛毽，
鸡毛杆上缝制钱，
踢它它就空中转。

鸡毛毽，脚儿颠，
正踢反踢毽相连，
盘来旋去如飞燕。

小朋友，也来练，
不会脚踢用手传，
投去掷来真好玩。

鸡毛毽，鸡毛毽，
天天早起不贪懒，
坚持锻炼身体健。

之十八：全家教我做游戏

一二三四五六七，
全家欢聚在家里，
一起教我做游戏。

奶奶要教画房子；
爷爷要教写大字；
妈妈要教猜谜语；
爸爸要教下围棋；
姑姑教捏橡皮泥；
叔叔教开小飞机。

我说你们都别急，
宝宝长大有志气，
每样都要超过你。

之十九：宝宝爱洗澡

我家宝宝爱洗澡，
看见喷水她就笑。
先洗头，再洗脚，
捧起清水脸上浇，
胳肢窝爱让妈妈挠，

后坐浴盆泡一泡。

玩具朋友跟宝宝,
洗澡也来凑热闹。
小鸭子,水上漂,
小鲸鱼,水底跑,
还有猫咪水乱撩,
引得宝宝呵呵笑。

小宝宝,爱洗澡,
给她洗澡妈妈笑。
常洗澡,样儿娇,
讲卫生,身体好,
虫不叮,蚊不咬,
天天都睡安稳觉。

之二十:乘电梯

去商场,回家里,
每次都要乘电梯。
有直梯,有扶梯,
还有透明观光梯。

跺跺脚,别带泥,
电梯卫生要爱惜。

乘电梯，心要细，
随身玩具不忘记。

保安全，别拥挤，
超载报警要注意。
大不了，下一次，
实在不行走楼梯。

上上下下，
高高低低，
不着急，不淘气，
两边扶手我不骑。
跟紧爸妈乘电梯，
平平安安是福气。

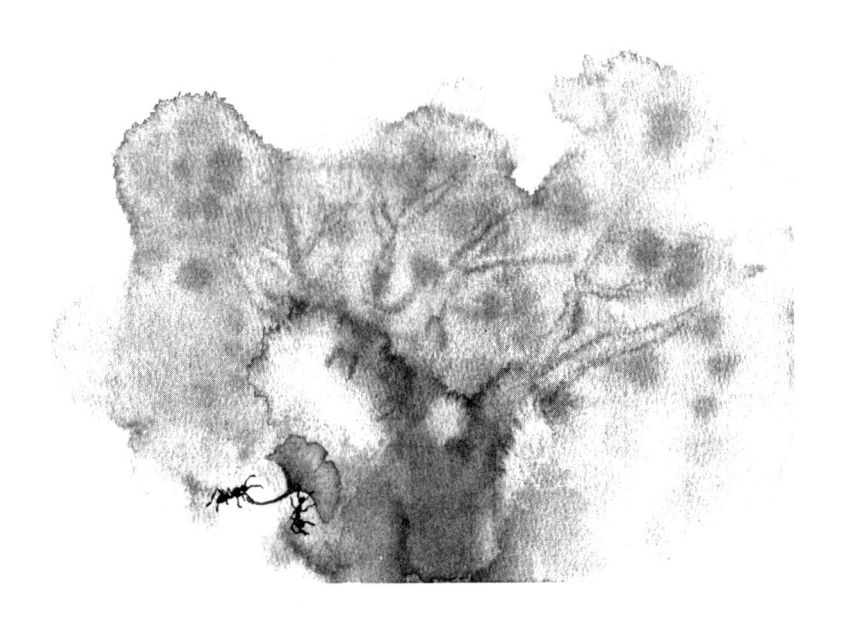

之二十一：宝宝一岁半

小宝宝，一岁半，
身高八十五点三，
体重二十三斤半。

小宝宝，脸儿圆，
小脸一笑甜又甜，
胖嘟嘟的真好看。

小宝宝，真好玩，
小花裙子身上穿，
对着镜子照不完。

小宝宝，身儿健，
天天在家来锻炼，
跑起路来一溜烟。

小宝宝，眼神专，
陌生东西仔细看，
做起事来不慌乱。

小宝宝，有人缘，
热情好客从不烦，
人见人爱美名传。

之二十二：入幼儿园

宝宝两岁半，
想去幼儿园。

阿姨嫌她小，
把她考一考。

一二三四五，
能唱歌，会跳舞。

二三四五六，
自己梳头又洗手。

三四五六七，
自己也能穿花衣。

四五六七八，
画完画，过家家。

五六七八九，
自己睡觉妈不愁。

六七八九十，
自己盛饭自己吃。

阿姨对着妈妈笑,
收下这个好宝宝。

之二十三:背起小书包

背起小书包,
我们去学校。
每天起得早,
天天不迟到。

走天桥,
过地道,
人行横道线,
安全忘不了。

到学校,
多求教,
学习有诀窍,
勤奋加动脑。

学习好,
不骄傲,
德智体美劳,
样样都不少。

学习为祖国,
争分又夺秒。
老师都夸我,
是个好宝宝。

之二十四：小小文具盒

小小文具盒,
样子真乖巧。
天天陪宝宝,
上学少不了。

铅笔和橡皮,
尺子和剪刀。
还有课程表,
样样不能少。

放进小书包,
一起来学校。
宝宝爱学习,
读书乐陶陶。

之二十五：春节坐火车

春节到，都放假，
爸爸买票买年画，
妈妈忙着备年货，
全家一起回老家。

下地道，上台阶，
排好队，等火车。
火车开动曜曜曜，
空位先让老人坐。

列车员，是阿姨，
整个车厢她负责；
车乘警，是小伙，
忙忙乎乎来回过。

路儿远，口儿渴，
阿姨送水旅客喝。
车厢里，人儿多，
叔叔查票一个个。

车外寒冷下飞雪，
车内温暖乐呵呵。
我为大家唱儿歌，
他们夸我花朵朵。

之二十六：过年吃水饺

过年了，春天到，
贴春联，放花炮，
全家相聚在一起，
包水饺，吃水饺。

爷爷买来水饺料，
奶奶忙把馅儿调，
爸爸擀皮圆又薄，
妈妈水饺包得好。

素水饺，荤水饺，
小小饺，两角翘，
个个都像金元宝。
宝宝手儿小，
宝宝手儿巧，
捏个面人咯咯笑。

过年了，放花炮，
贴年画，吃年糕，
捏水饺，煮水饺，
家家欢聚真热闹。
过大年，吃水饺，
一年更比一年好。

之二十七：我家有个好爷爷

爷爷七十多，
整天笑呵呵，
别人夸爷爷，
像个弥勒佛。

爷爷爱看书，
早已万卷破，
爷爷练书法，
经常泼笔墨。

爷爷七十多，
退休不工作，
楼下开块地，
种菜又养鸽。

奶奶常忙活，
爷爷来看我。
渴了喂水喝，
餐餐有水果。

用纸折飞机，
让我慢慢学。
陪我来玩耍，
教我唱儿歌。

爷爷七十多，
天天笑呵呵，
跟着老爷爷，
有趣又快乐。

之二十八：我有一个好奶奶

我的好奶奶，
今年六十二，
家在千里外，
坐着火车来。

我的好奶奶，
退休在家开菜园，
菠菜萝卜和油菜，
菜园四周小树栽。

我的好奶奶，
想我从家来，
天天陪着玩，
娘儿俩乐开怀。

我的好奶奶，
唱歌手儿拍，

打拳好身段,
舞剑有气派,
耍起太极扇,
那是相当帅。

我的好奶奶,
耐心周到把我带,
我淘气,她不怪,
想尽办法让我改。

我的好奶奶,
今年六十二,
我夸她是好奶奶,
奶奶夸我好乖乖。

之二十九:我有一个好爸爸

我的好爸爸,
模样有点傻,
整天笑哈哈,
自称傻老大。

傻爸最爱吃西瓜,
不论大瓜和小瓜,
啃得不留红瓤茬。

每次妈妈都笑他，
我看说他也白搭，
只要看到大西瓜，
保准脸上笑开花。

我的好爸爸，
别看个头大，
心儿细着哪，
生活有窍门，
办事讲方法。
家里有啥活，
全靠他打发。

我的傻爸爸，
常拍大脑瓜，
读读这，看看那，
研究这，鼓捣那，
问啥懂得啥，
干吗精通吗。

我的好爸爸，
别看样子有点傻，
面试辅导是大拿，
讲起课来顶呱呱，
桃李早已满天下。
昨天还有考生来，

不远千里求教他。

我的好爸爸,
写作叫呱呱,
小说和散文,
我看一般化,
儿歌和诗歌,
倒是人人夸。

我的傻爸爸,
是个美食家,
做起饭来咔嚓嚓,
色、香、味俱佳。
饭后只要妈妈夸,
手舞足蹈把碗刷。

我的好爸爸,
肩膀宽又大,
最爱让我骑大马,
天天乐得笑哈哈。
驮着我,驮着妈,
背上还有一个家,
我们仨,在一起,
风吹雨打都不怕。

我的好爸爸,

爱着我们家,
爱着我妈妈,
更爱我这个小丫丫。

之三十：我有一个好妈妈

我的好妈妈,
怀我在北大,
未名湖,博雅塔,
图书馆,高又大,
一个位子坐娘儿俩。

我的好妈妈,
别看脑门没我大,

学习考试叫呱呱。
校长许智宏，
一个学位颁娘儿俩。

我的好妈妈，
法律外语顶呱呱，
毕业工作在四大，
每天很晚才回家，
我先给妈端杯茶，
再抱抱她亲亲她，
妈妈一天的疲惫，
全让我给亲没啦。

我的好妈妈，
给我扎头花，
陪我过家家，
教我来拼画，
一起来涂鸦。

我的好妈妈，
帮我洗脸又刷牙，
脱鞋脱袜洗丫丫，
唱着儿歌睡觉啦，
天明起来再玩耍。

我的好妈妈,
爱着家,
爱爸爸,
更爱我这个小娃娃。

之三十一:下雪啦

冬天到,百花凋,
唯有青松风中翘。
北风寒,天阴了,
漫天雪花飘呀飘。

冬天到,雪花飘,
飘到手心瞧一瞧,
一二三,四五六,
原来雪花六个角。

冬天到,雪花飘,
爷爷捋着胡子笑,
"瑞雪兆丰年,
飞雪迎春到。"

天亮了,天晴了,
一夜白雪盖街道,
我帮爸妈把雪扫,

扫出一条人行道，
行人路过对我笑，
夸我是个好宝宝。

之三十二：数星星

天上的星星亮晶晶，
地上的宝宝数星星，
数来数去数不清，
累得宝宝眨眼睛。

不论春夏和秋冬，
都有星星在空中，
金星火星和水星，
还有木星和土星，
天王星，海王星，
远处还有冥王星。

最近的星是月宫，
嫦娥玉兔住宫中。
牛郎织女星，
最让人感动。
偶尔流星划夜空，
短暂辉煌走一生。

看星星，数星星，
宝宝长大游星空，
如今科技快如风，
宝宝想法不是梦。

之三十三：分苹果

爸爸买来大苹果，
妈妈洗好一竹箩，
一家围坐吃苹果。

爷先坐，奶先坐，
爸坐右，妈坐左，
宝宝起来分苹果。

爷一个，奶一个，
爸一个，妈一个，
宝宝嘴小吃半个。

吃苹果，唱起歌，
全家生活在一起，
幸福美满又快乐。

之三十四：吃火锅

冬天到，天气寒，
外面下雪屋里暖。
桌儿大，桌儿宽，
全家桌前坐一圈。
桌上摆满盘和碗，
中间火锅圆又圆。

小火锅，胖又圆，
爸爸先把水加满，
爷爷再把酒精点，
奶奶忙把汤料佥，
妈妈又把羊肉端，
宝宝更是忙得欢，
白菜续，菠菜添，
小小蘑菇加不完。

小宝宝，嘴儿馋，
火锅未开口水咽。
爷爷和爸爸，
推杯又换盏，
一壶热老酒，
两个活神仙。
奶奶和妈妈，
俩人不停闲，

蔬菜涮，羊肉涮，
吃时还把调料蘸。

冬天到，天气寒，
外面下雪屋里暖。
全家开了火锅宴，
热热腾腾过新年。

之三十五：爸爸开车

爸爸开着小汽车，
带着妈妈来接我，
我与阿姨道完别，
全家香山看红叶。

爸爸专心来开车，
路上我来唱儿歌，
妈讲故事一个个，
一路欢笑一路歌。

爸爸开车守规则，
老弱行人先通过，
不争不抢讲风格，
交警叔叔乐呵呵。

爸爸的车我爱坐，
安全舒适又清洁，
爸爸爱车更爱我，
一家平安又欢乐。

之三十六：宝宝快跑

世界越来越小
资源越来越少
要走的路，越来越遥
快跑的宝宝，才是块宝

宝宝快跑
烦事不扰
宝宝不跑
万事不妙

天上的馅饼不再掉
快跑宝宝
前方有佳肴
人生是路
快跑是桥
宝宝快跑
一生逍遥

快跑的宝宝
占的是头版头条
快跑的宝宝
走的是阳光大道
快跑的宝宝别骄傲
快跑的宝宝妈妈笑

世界越来越小
资源越来越少
要走的路越来越遥
快跑的宝宝才是块宝

之三十七：皮球与宝宝
（儿歌剧）

小皮球，蹦蹦跳，
跟着宝宝到处跑。

小宝宝，爱胡闹，
捏得皮球哇哇叫。

小皮球，生气了，
跳进河沟往前跑。

小皮球，停下了，
浑身沾泥动不了。

小宝宝，疼哭了，
端水给球洗个澡。

小皮球，蹦蹦跳，
干干净净陪宝宝。

小皮球，小宝宝，
一起玩耍一起笑。

之三十八：小和尚与大灰狼
（儿歌剧）

当当当，当当当。

一个小和尚，
挑着两个筐，
点燃三炷香，
敲鼓四院响，
叫醒五个师兄弟，
六人上山去打狼。

当当当，当当当。

一个小和尚，
挑着两个筐，
点燃三炷香，
敲鼓四院响，
叫醒五个师兄弟，
六人上山去打狼。

当当当，当当当。

一只大灰狼，
喝了两碗汤，
等到三更天，

四处去偷羊,
伸手不见五指天,
碰到六个小和尚。

当当当,当当当。

一只大灰狼,
喝了两碗汤,
等到三更天,
四处去偷羊,
伸手不见五指天,
碰到六个小和尚。

当当当,当当当。

大灰狼,大灰狼,
遇到六个小和尚,
村外被围路中央,
六支火把亮又亮,
挨了六顿大木棒,
小和尚面前把命丧。

当当当,当当当。

大灰狼,大灰狼,
遇到六个小和尚,

村外被围路中央，
六支火把亮又亮，
挨了六顿大木棒，
小和尚面前把命丧。

当当当，当当当。

之三十九：鸭子与青蛙
（儿歌剧）

小鸭子，嘎嘎嘎，
摇摇晃晃来找妈。
大鸭子，嘎嘎嘎，
左摆右晃找丫丫。

小青蛙，呱呱呱，
跳进水里来找妈。
大青蛙，呱呱呱，
跳出水塘找娃娃。

小河边，开荷花，
小鸭子碰到小青蛙。
小鸭子，害了怕，
躲进荷叶不说话。

小青蛙，叫呱呱，
对着鸭子笑哈哈。
小鸭子，你别怕，
坏人来了有青蛙。
鸭子和青蛙，
成为好朋友
一起来找妈。

大路上，槐树下，
大鸭子碰到大青蛙。
大鸭子说找小丫丫，
大青蛙说找小娃娃。
鸭子和青蛙，
成为好朋友，
一起去找娃。

小河里，莲蓬下，
小鸭子找到她妈妈，
小青蛙找到大青蛙。
两对好朋友，
一起笑哈哈，
快快乐乐回到家。

家庭作品研讨会

褚夫玮　褚天舒　殷　敏

第一次家庭作品研讨会侧记

北京南城，2015年6月6日，一个电闪雷鸣的午后，一场别开生面的作品研讨会，一本正经地召开了。

没有名家、高官捧场压阵，也没有学者、专家充当门面。

没有鲜花、没有麦克风，茶几上只有两种美味小菜、一种养生疙瘩汤、半个麒麟西瓜。

这是一场家庭作品研讨会。

按照约定，不限题材、不限文种，每人拿出本周刚写出的文字作品参加研讨会。

参加人与作品：

宝宝：8岁精灵、小学二年级学生。参研作品是一篇作文《科技馆一日游》

妈妈：文学爱好者、外企高管。参研作品是一篇随笔《童年的屋》

爸爸：业余作家、公务人员。参研作品是一首诗歌《春日都市阳光下的梦境》

研讨会第一个环节是作品互读。除了保证每个人的作品是新作加原创之外，为了保证作品新鲜度，研讨会前作品是保密的，当场交换作品互为第一读者，并当场研读。

宝宝看的是爸爸作品，不一会儿就哈哈大笑起来；妈妈看宝宝的作品，脸上露出了会心的微笑；爸爸读妈妈的作品，正襟危坐像个学者。下一轮，宝宝看妈妈作品，忍不住大叫"这正是我想要的童年"；妈妈读爸爸的作品，在作品上画呀画；爸爸这次看宝宝的作品，依然十分认真。

研讨会第二个环节是作品打分。匿名评分，当场封存。

研讨会第三个环节是作品互评。

爸爸先吃了两颗黄飞鸿花生米，做领导状，还故作谦虚说要"抛砖引玉"。

宝宝同学的《科技馆一日游》嘛，开头很棒！一日游之类的作品常常会让人写成一天的流水账，宝宝没有局限于此，首句"儿童节的前一天"点出了一日游的时间，随后写出了心情，又指出和谁一起参观科技馆，用前一天的状态作为开篇引出一日游不错。其次，通篇语言流畅、欢快，文如其人啊！有个好爸爸的宝宝，真是一个幸福的小孩（此处有讥笑声）。再次，用时间节点统领全文，出发、A馆、B馆、午餐、乐园，之后还有前后照应。看出来小作者这几年阅读的大量书籍，确实是有作用的。要说不足之处嘛，科技馆一日游，无科技内容的描写。

妈妈同学的《童年的屋》嘛，嘿嘿，好多年没有读过敏同学的作品了（此处有人脸一红，还强词夺理：前几年的打拼我多忙呀）。亲切呀！仿佛又穿越了童年一把。语言朴实凝练，已略见大家气象。特别是童年的屋，用了春、夏、秋、冬四季来描写，非常不错！一些细节非常传神，细节刻画也是宝宝应该借鉴的。不足之处有两点，一是瓜果吃撑了"鼓鼓的小肚子"，这哪像穷人家孩子呀（此处有辩解：我小时穷，但还是有瓜果吃的）？应该过渡一下再写秋天，比如加一句"穷人家的孩子，最喜欢的就是秋天了。"（此处有人心服口服，有人为自己的见解独到而得意扬扬）二是结尾处照应不足，对童年的回味再悠长一点，抒点情嘛（此处显然有人不以为然）！

宝宝用勺子挖了一块西瓜放到小嘴里，"真甜！"然后第二个发言。

爸爸同学的诗，第一看不懂、不好说，第二很好玩、很梦幻、很不错，第三好像跟我没关系。

妈妈同学的作品好呀！好想到你童年的屋里去玩啊，好想去和你的童年做个伴呀妈妈（此处有人感动）。这才是我想要的童年，穷怕什么呀？好玩就行（此处有人鄙视）。还有一个错别字"零时"应该是"零食"（此处有人脸红）。

妈妈喝了口自己亲自掌勺的疙瘩汤，"真好喝！咱开饭店的话，这肯定是镇店之宝。"然后才拿着两份作品进行点评。

宝宝同学的作品我最有发言权,我陪着她在科技馆整整参观了一天。这篇作文整体完整,时序分明,逻辑清楚,这是宝宝第一篇正式作品,非常不错,已经超出了我的预期。至于需要改进的地方,首先同意爸爸同学的观点,文中没有体现科技成分,应该加上科技互动的情节,其次人物要交代一下,刘刘是谁(此处有人辩解:刘刘你们都不认识了)?加一句"一个要好的同学"就好了,你的作品不仅我们读,还会有好多的人会读到的。

　　爸爸同学的诗歌,有点杂(此处有人插言:有点乱)、不是乱,无思想、有意思。结合你的《北漂手记》,列入其中,才感觉不错。有的遣词可以改一下:比如警察的灯光用"照"还是"射"?恼人的事"缠缠绵绵"是否恰当?关于"卫星"的定位是否合适?再一个是引不起共鸣,建议以后写宝宝看得懂的作品(此处有人不以为然:我的作品,不仅仅你们看,我是有广大读者滴!讥笑声再次响起)。

　　研讨会第四个环节是作品评奖。匿名的打分结果,由宝宝独自计算并得出一二三等奖。只见她愁眉苦脸了半天、又纠结了半天,再偷偷改了数次的分数(此处有人嘀咕:用心良苦啊),终于有了评奖结果:

　　一等奖:《童年的屋》

　　二等奖:《科技馆一日游》和《春日都市阳光下的梦境》

　　关于奖金的数额与发放问题,大家争执半天无果,天才宝宝突发奇想,亲手做了一个"奖金存折"年底兑现现金,自由支配。爸爸妈妈立刻点赞!金额保密哦(此处有人想数到手发软)。

　　研讨会第五个环节是总结发言。爸爸同学作为代表做了一个小结:在团结、友好、和谐的气氛中,大家畅所欲言,虽然有的地方彼此观点和见解不同,但我们做到了"三"家争鸣、取长补短。我们可以展望一下未来：如果我们能够把研讨会坚持下来，一年、两年或者更长，研讨会就是我们进步的阶梯，作品保留下来，就是我们成长的脚印，不久的将来，咱们就可以共同出版《家庭作品》，如果出版社看不上，我们就自费印刷。

我宣布：第一次家庭作品研讨会圆满成功（此处有掌声）！

研讨会第六个环节是品尝美食。随后，是一派其乐融融景象。

科技馆一日游

儿童节前一天，我兴奋得睡不着觉。因为明天要和刘刘一起去科技馆参观。

早上起床，吃完早餐，换好衣服，我就跟着爸爸妈妈一起，开车去接刘刘和她妈妈。爸爸把我们送到科技馆大门，有事就走了。

我和刘刘先去了 A 展厅，真是太好玩了！我最喜欢荡秋千了，好像鸟儿一样，在空中展翅飞翔。接着我们去了 B 展厅，还没有参观完，刘刘就嚷着饿了，原来她兴奋得早餐也没有吃饱。于是，我们就打算出去吃午饭了。

可是刘刘妈还想回来看看 B 展厅，我们就找到工作人员，他们很爽快地给我们手背上盖了个章，说这样就可以再回到 B 展厅参观了。

午饭我们吃的是比格自助比萨。因为来参观的人太多，我们排了好长时间的队才排到。太好吃了！就是吃的东西有点少，因为人太多，几种食物很快被抢光了。刘刘喝了几杯果汁就饱了，根本没吃比萨，真可惜啊！美味的比萨。

吃完饭，刘刘妈想回 B 馆参观，我和刘刘坚持去儿童乐园，妈妈光笑不说话,一个大人哪能拗过两个小孩子呀!所以我们就去了儿童乐园。

乐园非常好玩,有欢乐农场、小建筑师、滑滑梯……

这一天我们过得很充实,但刘刘妈一直惦记着 B 展厅。儿童乐园太好玩了,没再有时间去 B 馆。

你好科技馆!我们还会再回来的。

童年的屋

自从小我两岁半的弟弟出生,我就离开了妈妈的怀抱,由奶奶带着我睡觉。我和奶奶住的房间是和堂屋通着的,留有一道门,那门就是在土墙上挖开一个口,挂上一道布帘子。在我的记忆里,那是一块有着暗花的布帘,看上去很老很旧了。

土墙做的房子,用麦秸做的屋顶,每隔几年要换一次麦秸。由于老屋盖得质量很好,所以是冬暖夏凉,比现在农村的楼房舒服得多。拆掉老屋的时候我见过,厚厚的墙,将近半米厚,意味着这间房子盖的时候家庭还是富裕的。但等我出生的时候,家里已经很贫穷了。穷得我对童年的记忆,大多停留在吃上:从烙煎饼上刮下的面鱼,放在火灰堆里烤熟的土豆和地瓜,在地里用豆叶烧焦的豆粒,都是我们当年的美食。现在城市里卖的烤地瓜,全然没有小时候那股香甜的味道了。

奶奶是勤劳而忙碌的,等到小小的我睡醒的时候,床上通常只有我一个人。迷迷糊糊地睁开眼睛,屋子里的光景是看不到的,最先看到的是窗外的风景。光线黯淡的房间里,一个瘦瘦小小的孩子,透过方格木窗棂看四季的风景:春天的绿芽、夏天的鲜花、秋天的果香、冬天的白雪。在这四季风景里，心里最深的感受是孤单。童年的我没有玩伴，没有母亲的怀抱，甚至没有书。家里穷，买不起书。陪伴我的是窗外四季的风景，有时候还有床头的猫。农村的土屋从墙到地面都是土做的，是老鼠的天堂。为了防止老鼠偷吃粮食和咬坏衣服，猫是农村家庭必养的动物之一。但并不是每家都有猫的，没有猫的家庭会用老鼠药来灭鼠的，但同时也会伤害到猫。对于那个年代以老鼠为点心的猫来讲，它们没有区分老鼠和毒鼠的能力，一旦吃了被下药的老鼠，就会口吐白沫，看着小猫痛苦地躺在地上挣扎着死去，也是我童年恐惧的记忆之一。眼睁睁地看着前一刻还活蹦乱跳的生命，下一刻无声无息地躺在你的脚下，小小的心脏总会一阵阵地抽搐。

在没有猫的空当期，屋子里便是老鼠的世界。老鼠的胆子非常大，即便是有人在的时候，也能听到老鼠窸窸窣窣的活动和啃吃东西的声音，奶奶的耳朵是听不见的，我壮着胆子大喝一声，老鼠通常会在短暂的停顿后又恢复如初，我就一把拽过被子，把头蒙紧。

春天的时候，每年都有小燕子在堂屋的房梁上安家落户。早晨醒来时会听到雏燕呢喃的叫声，这也是吸引我早起的动力之一。端一个小凳子，等着看燕子父母捉回虫子喂小燕子，小燕子一个个伸着毛茸茸的小身子，张着黄色未褪的小嘴巴，吱吱叫着等着爸爸妈妈把小虫子丢入自己的嘴巴里。长大后，读到"旧时王谢堂前燕，飞入寻常百姓家"时，眼前就会浮现住在我家堂屋里的小燕子。

当夏季连绵的雨天来临时，屋里到处都是潮湿的，时间久了，屋子里会有一股发霉的味道。去南方上大学时宿舍在一楼，遇到梅雨季节，也会发出让同学们无法忍受的霉味，我却仿佛又置身于童年夏天的老屋，有一种莫名的熟悉感。

秋天是瓜果成熟的季节，柿子、红枣、花生都会是我们解馋的零食。躺在床上摸着鼓鼓的小肚子，闻着瓜果香入睡和醒来，也是一种幸福。

冬天最好玩的时候就是下雪了。在雪地里扫出一片空地，用一个拴着一条长绳的小树枝支起一个筐子，在空地上撒上一把粮食，老家最多的小鸟是麻雀，等到小麻雀走到筐子底下吃粮食的时候，拉动绳子，小麻雀就会被盖在筐子里了。这在鲁迅写的《故乡》中有生动而形象的描述。我的记忆里，虽然每年都捉到好多麻雀，但没有能养活的，奶奶说麻雀是气性大的鸟，养不活的。是不是真的是这样，就不得而知了。

随着生活的日益富裕，草房屋现在基本上已经留在历史里了。那厚厚的墙，欢乐的小燕子，还有一个陪着燕子的孩子，都已留在那段时光里。

春日都市阳光下的梦境

周末拿出一张报纸
独坐在长安街边
戴上帽子和墨镜
闭上双眼
谁也不能轻易发现我的容颜

太阳暖暖的
像妈妈的手
抚摸着我的鼻尖
像妻子，更像女儿的笑脸

环绕在我的胸前

闭上眼，感知洞开
像置身于 5D 影院
有香风
从裙角中散出来
有笑声
在儿童的脸上盛开
也有打情骂俏
在情侣的肢体上徘徊

来回的地铁在脚下潜行
窥探的卫星藏于云层
你在等待款款而来的裙下微风
以及远处的那个高僧
飘来的半句禅语
让你心绪不宁

车辆驶过的声响
从左到右，从右到左
像贝多芬的 C 小调
在百里长街上奔跑
闻声音能辨排量
听脚步能知高矮
难道我是江苏卫视
漏播的最强大脑

遗忘的人
陆续走进来
遗忘的事
不停地浮现眼前
喜欢的人总是
云清雾淡
恼人的事总要
纠缠几番

时间和岁月
在不知不觉中
从体内滑过
激情穿越梦境
悬浮在半空
宁静像无处不在的风
飘荡在心中

警察的聚光灯
透过墨镜
射入我的瞳孔
"同志！醒一醒"
唉！天色已晚
白日美梦已做不成

第二次家庭作品研讨会侧记

6月13日周末,穿过大半个北京来到六环外的农家小院,天空如洗般蔚蓝剔透,几朵雪白的云彩很质感地飘在天上,宝宝说白云朵太像棉花糖了,好想咬上一口。

就在雨后的北京城外,久违的蓝天白云之下,第二场家庭作品研讨会又开始了。

这次研讨会的作品有:

宝宝的《阴影》(上)

妈妈的《甘蔗》

爸爸的《童年及以前的时光之幼年时光》(之一)

阅读环节明显不如上次来得认真,但宝宝还是夸张地大笑了几声。

吃货宝宝老是惦记着野外烧烤,要不是爸爸拉住了她,她就要放弃发言了。为了表示不满,她首先对爸爸同学的作品开炮了:你在作品里侮辱宝宝!我没有什么可说的了。

(此处有人答应她明天超市任选三种零食之后,宝宝才坐下来重新评价作品。)

《童年及以前的时光》写得还是好看、好玩的,还可以写得更好点。

妈妈同学的《甘蔗》嘛,有大量的错别字。你为什么不吃甘蔗呀?不理解。等妈妈解释了对甘蔗复杂的怀旧、感恩情感,宝宝欲言又止。

妈妈重新拿起作品,宝宝同学的《阴影》很好!首先是宝宝自己编的故事,想象力丰富,体现了父母、孩子、姐妹之间的感情,故事完整清晰。对一个8岁的孩子来说难能可贵啊!不足的地方是缺少细节,大多是写出来的感受,不是让人体会出来的感受。作品是美味食材,味道需要读者去品味。

妈妈拿起爸爸的作品,呵呵,"一包心眼"!为人做事傻得像一张白纸,经常被别人耍得团团转,还好意思说自己是一包心眼儿,太可笑了!(此处有人辩解道,我虽然没有坏心眼,但我脑回路多。)不过爸爸同学终于拿出了让宝宝看得懂的一篇散文,《童年及以前的时光》故事写得挺有趣,非常有意思,用词很好。但是前后不太照应,前面N多特点,后面都没有写出来(此处有人连忙辩解,这只是其中的幼年篇,下次还有童年部分闪亮登场)。

爸爸清了清嗓子,开始评价作品。宝宝同学的《阴影》是一篇很好的小说,还配了插图,很不错、很切题。感觉语言流畅、用词精确,这是上篇,期待作者下篇是如何让主人翁走出阴影的。

妈妈同学的《甘蔗》这篇随笔取材很好,但写得粗、不精细,没有用心写,错别字多(此处有人辩解:这两天工作太忙了,没有推敲,五笔盲打容易出近形字),用词不精确,对甘蔗的复杂情感没有表达出来。

接着是打分评价,这次宝宝算得特快,马上公布了结果:

一等奖:《阴影》

二等奖:《童年及以前的时光》

三等奖:《甘蔗》

显然大家今天都不在状态，此次研讨会草草结束，宝宝急忙奔向她的美食烧烤。

潮白河畔的风景很精彩，研讨会开得很无奈！

阴　影（上）

可可曾经是一个幸福的孩子，在妈妈的怀里陶醉多年，爸爸也很有钱。但这是很久以前的事了，半年前妈妈因生妹妹得了病，在妹妹还没有一岁的时候去世了，可可这个可爱的6岁小女孩弱小的心灵受到了打击，爸爸更是悲痛万分。妹妹叫爱爱，她真是一个小可爱，大大的迷人的眼睛，还有一个樱桃小嘴，笑起来像一朵花儿。

受到打击的可可谁也不理了，只是喜欢呆呆地站着。而这时爱爱已经会说话了，每当看到姐姐发呆，她就跑过去问姐姐各种稀奇古怪的问题，可可懒得理她。过了一段时间，妹妹突然不问可可问题了。她也像可可一样呆呆地坐在她的小床上。

可可开始担心妹妹了，她才那么小啊！其实可可并不讨厌妹妹，只是妈妈的离开让她心里有了太大的阴影。而且她现在就只有两个亲人，因为爸妈都没有兄弟姐妹，可可就把对妈妈的爱全部转移到了爱爱身上。可爸爸不这么想，他觉得是爱爱夺走了自己的妻子。

从那天起，可可就开始耐心地跟妹妹说话，回答她的各种问题，还给她讲妈妈讲过的故事。

有一天，她给爸爸说不上学了，她要自己照顾妹妹。爸爸没有心情，也不理会她们。

晚上可可安顿好妹妹，想：爸爸讨厌爱爱，她已经没有母爱了，不能再没有父爱了呀！于是她决定将爸爸从失去爱人的阴影中拉出来。

甘　蔗

领着女儿走在街上，看到有卖甘蔗的。"妈妈，我要吃甘蔗。"看到粗粗的、短短的、一节节的甘蔗，顿时生出一阵异样情绪。拉住孩子的手说："别买了，这种甘蔗不好吃。"女儿不干，拉着我不走："你都不尝一下，怎么知道不好吃？"我说："我小时候吃过各种甘蔗，这种不好吃。"我对甘蔗的感情不是小宝宝可以理解的。

从我有记忆的时候，家里就种甘蔗。最初种的量很少，纯属给自家孩子吃，但甘蔗像小麦似的，种一棵能发出六七棵。在小孩子吃不完的时候，就拿到会（一种比农贸集市大的交易场所）上去卖。大人们发现，甘蔗很好卖而且价格还不低，于是就成了当地一种主要的经济作物。甘蔗的经济价值被发现后，就越种越多了。

再大一点的时候，就是每逢赶会的日子，我们会在天渐黑的时候，眼巴巴地等爸爸妈妈回来，等待他们卖了甘蔗买回来的零食。等天黑透了爸爸妈妈还不回来的时候，对他们安全的担心就大于了对食物的期待。忐忑不安的心直到爸爸妈妈进门才放下来。

上了小学，会简单的加减计算了。在爸爸妈妈回到家开始吃饭的时候，就帮他们清点卖甘蔗的钱，大大小小的、新新旧旧的纸币和硬币堆在桌子上，计算出总数，算算一共卖了多少钱。过年的新衣服、新学期的学费就有了着落。

上初中了，家里的负担就更重了。一是爷爷奶奶年龄大了；二是年级高了，学费也越多了，甘蔗种得也就越来越多了。能卖甘蔗

225

的会就那么几个，必须增加卖甘蔗的人手才能卖出更多的甘蔗。哥哥上了高中，离家远，而且不太容易请假，我就加入了卖甘蔗的行列。虽然很早就知道卖甘蔗的辛苦，要早起，要把上千斤的甘蔗运到三四十里外的会上，要不停地叫卖。等到自己真正地卖起了甘蔗，才真正体会到其中的艰辛。

凌晨三点半左右，还在睡梦中的我就被妈妈叫了起来，穿上衣服到院子里一看，爸爸妈妈已经装好了车。本来我是让妈妈叫我起来一起装车的，妈妈为了让我多睡会儿，就和爸爸装完车才叫我起来，简单收拾下就出发了。

从家里出发，要穿过一座县城。刚拐进县城的一条柏油路上，迎面来了一辆大卡车，明亮的灯光晃得人睁不开眼睛。爸爸赶紧朝边上打车把，哪知在靠近路边的地方有一块大石头，自行车一下撞在大石头上，瞬间自行车倾倒在地面上。后面拖着的地排车的惯性，加上我和妈妈的自行车在两边牵引的力量，滑行了十多米才停下来。爸爸的右手垫在自行车把底下，也滑行了十多米，手背上划出了一道道的血痕，鲜血顺着手背往下滴。我很紧张，着急地说："怎么办，别去了吧，或者先找个诊所包扎一下再去吧？"爸爸沉思了一会儿："不行，现在根本就没有开门的诊所，去晚了就找不到好地儿了（摊位要占一个好的地方才能好卖些）。"妈妈说："看起来伤得很厉害，要不去医院看看，肯定会开门的。"爸爸犹豫了一下："还是算了，去医院要费去很长时间，还得费钱。"妈妈掏出手绢，紧紧地勒住流血的地方，然后系上了。我心里有点紧张，有点害怕："行不？""行，没事。"爸爸挥了挥手，重新系好绳子上路了。

那天的甘蔗卖得很好，单价高，卖的钱也多。但我始终担心爸爸的手，妈妈也一再让爸爸先去诊所包扎，爸爸一直说没事。第二天看到妈妈清洗手绢一盆的血水，看到很多天后爸爸手上的疤，我明白不是摔得不严重,是爸爸怕耽误时间,不舍得去医院是怕花钱,为了省出钱来让我们有机会去学校学习。

后来还跟着爸爸妈妈卖过多次甘蔗,也受过大大小小的伤,这些伤比起第一次爸爸手上的伤,都是小巫见大巫了。

在爸爸妈妈的勤劳和坚持中,在一棵棵甘蔗的支撑下,我和哥哥弟弟三人都顺利地上了高中,上了大学。

然而,我对甘蔗却产生了一种说不出的感情,不愿意吃,更不愿意买。就像面对家里辛苦劳动了一辈子的老黄牛,不愿意面对它的死亡,更不愿意杀了它吃肉一样。

第三次家庭作品研讨会侧记

6月20日，北京南城。本着不给北京添堵、不给北京增霾的理念，一家三口宅在家里，每人都拿出了自己的原创作品，第三次家庭作品研讨会如期召开。

品着香醇的糯米做的乌龙核桃粽、糖炒栗子粽、蓝莓冰沙粽、香菇肉粽、蜜汁南瓜粽、五谷杂粮粽、茉莉西梅粽（粽子是妈妈单位发的，一个粽子分三份吃，节约不浪费），再品着宝宝的小说《阴影》（下）、妈妈的随笔《生命的转弯处》、爸爸的散文《童年的时光之二 弟弟出生》，度过了一个温馨的、绿色环保的、特别有意义的端午节。

宝宝这次提了一个合理化建议被采纳了，这看出来宝宝的重视与用心，值得表扬，赞一个！她提出先打分再评议不妥，容易出现评分不公，建议先讨论一下，有不同意见可以充分辩解，光给别人打分不行，还要自我评价打分，这样评奖才公平、公正。

宝宝首先对妈妈的作品表示不理解，为什么不能考进前100名呀？爸爸说真正的原因你妈是难以启口的，农村向来是重男轻女的，你姥爷想让你妈考中专，好尽早就业，减轻家里的负担，中考前100名是以后高考的好苗子，教委要强制上高中的，但考不好，中专预选也要落榜的，所以想考中专，分数上也是难以把握的，这正是你妈纠结的地方。你妈最后决定做最好的自己，让命运去选择她，结果她考进了全区前10名，你姥爷还专门跑到教委，哀求他们让你妈考中专，教委对于北大、清华的苗子岂能放过，果断地拒绝了，对此，你姥爷耿耿于怀了好多年。

哦（显然没有听明白）！对于你们大人的选择，我通常没有什么可说的。宝宝嘀咕了一声。

对于爸爸同学的作品，宝宝认为扯得太远了、扯得太多了，童年的故事，什么国家政策呀，什么摇号买车呀都扯进去了？这时妈妈开始"报之以桃"帮着解释了，散文讲究形散、神不散，只要神不散，形越散、内容越多，证明作者思路越开阔。但宝宝还是认为无关童年的事写得太多了。

接着宝宝开始"找茬"：爸爸还有姐姐，为什么是"长子长孙"呢？嘿嘿，过去是这样的：中国进入父系社会以后，传宗接代是照男性来说的，女性归夫家的族谱。像我这样只生一个女孩的，在过去属于无后之人，等老了就被称作"绝户头"。"不孝有三，无后为大。"先祖呀，我不孝啊，也怨不得我，国家不让生啊！爸爸开始愁眉苦脸地解释，某人嘲讽曰：你又扯远了吧。

还有结尾处，老奶奶到处夸大孙子，用"忽悠"一词，有点用词不当吧？爸爸略微一想，起身对宝宝一拜：受教了！确实"忽悠"欠妥，改"吹嘘"吧。

还有呢？

真的没了。

你再评价几句吧？

想让宝宝夸两句就直说呗。旁边有人不屑地说。

我没有说到的缺点，都是优点。

都说出来多好。明天就是父亲节了，崇拜爸爸就直说。

喊！自我感觉太良好了吧。

你们别磨叽了，该我发言了。妈妈及时抢过了话头。

宝宝同学的作品思路清晰，情节、情感合理，对二年级的小学生来说非常不容易。再个是用词贴切、精准、生动，比如："唤醒爸爸的父爱"的"唤醒"、"不耐烦地推开了她"的"不耐烦"、"融入到了——生活中"的"融入"等等。说点不足，请爸爸看电影时，如果设计成可可事先知道电影内容，是否显得可可更用心？

爸爸同学的作品，第一，题目标出了是童年时光的上篇，文末却有童年结束的结尾（此处有人辩解，想到了结尾，怕写着写着忘了，先加上了）。第二，本文围绕弟弟出生，可以独立成篇。第三，文中还略微提到了奶奶家的农村生活、姥姥家的城市生活，都可以拉出来一篇。第四，我有一丝担忧，你这身份质疑国家政策，会不会让纪委的同志请去喝茶呀？！（此处有人辩解：为国家献计献策，是匹夫的职责，体现了我拳拳报国之心，应该获得重奖吧？宝宝：呵呵！）整体来说挺好的，感触真实，快乐童年用农村与城市对比来写真不错！

爸爸品了一口妈妈从云南带回来的普洱茶，徐徐道来：宝宝同学小说《阴影》下篇语言流畅，遣词造句不错，结构与层次分明，8岁宝宝的作品，难得啊、难得！如果让我再提一点完善意见的话，就是可可让爸爸走出阴影的办法再多一些、再过渡一下，比如，可以加这么一个情节，可可在整理妈妈遗物的时候，发现了一本日记，原来妈妈在生完第二个宝宝的时候，预感到自己很快要离开这个家了，第二个孩子取名"爱爱"，就是要告诉丈夫，孩子是他们爱的结晶，更是她生命的延续，希望丈夫能够像爱她一样，爱自己的孩子。爸爸捧着这本日记，忍不住泪流满面。

这，也太煽情了吧！宝宝眼睛湿润润地说。

《生命的转弯处》题目好！妈妈同学很用心。人生会面临好多次的选择，每一次重要的选择，都是生命的转弯处。人，生活在何处、置身在何种层次、生活的品质如何，往往不是学历知识含量决定的，而是在生命转弯处的选择成就的。生命的转弯处，是一个沉重的话题、沉重的选择。人生的选择很多，关口也不少，关键的一步尤其重要，特别是对于十四五岁的农村女孩子来说，做出正确的选择更不容易。好在你当时的选择，以及以后的选择，都忠诚于内心的挣扎与召唤，才有了宝宝、有了幸福的一家三口。

我好幸运呀，成为你们的宝宝。

我好幸运呀，成为你的爸爸。

我好幸运呀，一家有了咱们仨。

这次的研讨会，在爸爸的忽悠下，评分出奇地高。

一等奖：《阴影》（下）

二等奖：《生命的转弯处》

三等奖：《童年的时光》（之二）

宝宝在填写评奖存折时，小脸笑得像花一样，显然她的奖金累计最高。

你们的奖金少，老爸、老妈，要努力哦！

爸爸一脸的苦笑，其实心里乐开了花。

妈妈一脸的无奈，其实在偷笑。

阴　影（下）

可是怎么能把爸爸从阴影中拉出来呢？可可想啊想，决定找他谈话。这个办法好不好呢？可可决定试一试。

可可约了爸爸星期一下午去谈，可可还带上了爱爱，因为她觉得带上她可能会唤醒爸爸的父爱。谈话的时候，爸爸第一句就是：你怎么把这个小丑丫头片子也带来了？可可反驳道："她可是你女儿啊，你根本没有尽到一个父亲应该尽到的责任。"爸爸沉默了一会儿，他没有什么可说的，不过可可的话他也没有听进去。

爸爸沉默的时候，爱爱用她大大的眼睛盯着爸爸，那好像不是一个小孩子的眼神，好像也在批评爸爸。爸爸看着爱爱：多么可爱呀！可一想到是爱爱害死了妈妈，就忍不住讨厌她。这时爱爱已经爬到爸爸的身上，爸爸不耐烦地推开了她，起身走了。唉，可可叹了口气：这次失败了。

经过了这次失败，可可又尝试了很多种方法，也没有成功。终于有一次，可可在网上发现了一部电影《爱的力量》，没想到这部电影的情节竟然和他们家的背景相似，而唯一不太一样的是，电影里的爸爸用他宽大的肩膀撑起了这个家。可可用省下来的零钱买了三张电影票，请爸爸一起去看这部电影。爸爸看完这个电影，好像有所触动，对爱爱的态度似乎也改变了许多。

他想起了可可那句话："你根本没有尽到一个父亲应该尽到的责任。"可可也趁着这个机会把妹妹放到爸爸身边，让爸爸熟悉有爱爱在身边的生活，体会妹妹给生活带来的快乐。

有一天，可可在整理妈妈遗物的时候，发现了一本日记，原来妈妈在生完第二个宝宝的时候，预感到她很快要离开这个家了，第二个孩子取名"爱爱"，就是告诉丈夫，孩子是我们爱的结晶，更是她生命的延续，希望丈夫能够像爱她一样，爱自己的孩子。可可马上拿着妈妈的日记，领着妹妹，敲响了爸爸的房间。

爸爸捧着这本日记，忍不住泪流满面。他张开双臂把姐妹俩搂在怀里，三个人紧紧地相拥着，谁也不想放手。

爸爸终于走出了失去妈妈的阴影，融入到了可可和爱爱的家庭生活中。从此，可可、爱爱和爸爸一家三口，过上了幸福、美满的生活。

生命的转弯处

狂风大作，闪电把黑沉沉的天幕撕出一道道口子，雷声轰隆隆地从天边滚过来，随之暴雨倾盆而下。因为狂风暴雨的肆虐，电路出了问题，即便是中考的教室里也停了电。在一排排光线黯淡的平房里，监考老师着急地向外探着头，一来估计一下暴雨能下到何时，二来盼望何时能通上电。

我是教室里的一名考生，这是一次中考的预选考试，且是考试中的最后一门。我的心如同外面的天气，掀起了狂风暴雨。在几乎刚刚能看清试卷题目的教室里，我纠结又纠结。到底要不要少做一些题？看着面前一道道复习了很多遍、胸有成竹的考题，我不敢下笔，做还是不做？

不知什么原因，在我们的那个年代，中考是需要预选的，只有预选考上了的，才有资格参加中专或高中的考试。而且最最要命的是，为了提高高中生源的质量，教委要求区里在这次预考中，考到前一百名的考生必须上高中。这就是我在努力想考出更好成绩的时候，却希望自己考得差一点的原因，我并不想考进前一百名。在当时，初中毕业考上中专，是大多农村孩子最梦寐以求的事。考上中专不仅意味着户口从农业转为非农业，还能保证有一份体面的工作。对于我家来讲，考上了中专，意味着可以拿国家的补贴上学，可以让爸妈减少操劳。而考上高中，相对的却是一个不确定的未来，高中三年谁也不能保证名次依旧像初中一样名列前茅、能够考上一个理想的大学。考试之前爸爸和我谈过，能上中专还是上中专吧。

但是问题的关键是这次考试同样是中专的预选考试，如果考得太差，就没有参加中专考试的资格，这就意味着过去多年的辛苦学习有可能毁于一旦，回到像父辈一样面朝黄土背朝天的生活中去。

扫了一眼周围伏桌认真答题的同学，我重重地叹了口气，拿起了笔，还是认真做吧。只有认真做了，才能考出好成绩，对得起父母的付出、老师的辛苦，以及自己的努力。

我那次考试成绩出乎意料地好，顺理成章地上了高中。高中三年，虽然学习很辛苦，但以优异的成绩考上了理想的大学。也经历了心灵的洗礼，适应了大城市生活的磨难，终是活出了自己的精彩。

回头看考上中专的同学们，感觉自己还是有那么一点点幸运。大学不仅提供了知识，提供了视野，提供了养活自己的本领，使得自己能顺利地考上研究生，使自己在竞争激烈的帝都能够有立足之地。

最最重要的是，在学习和工作的过程中，认识了一批优秀的朋友，有聪明睿智的、有胸怀天下的、有热心公益的，大家都有共同的特点：善意地对待这个社会，努力学习和工作。这是我喜欢的生活和工作态度。

人生没有彩排，没有重来的机会。人的一生或许顺利、或许坎坷。但在人的一生中，总有几个急转弯的地方。使你的生活轨迹大大地异于原来的预期，或使你的生命不同于以往的任何经历。转过去，会发现你的春天，找到自己的另一番天地。现在回望过去，我依旧会记起那个狂风暴雨的下午，会记起在狂风暴雨中改变一生命运的选择。

第四次家庭作品研讨会侧记

上周因为小学生期终考试,家庭作品研讨会延期了。

7月11日,周末的北京南城,没有一丝凉风。用信用卡十年的积分兑换了一顶帐篷,今天快递小哥送货很给力,第四次作品研讨会就在这户外的帐篷内举行。

在帐篷内兴奋着、翻滚着的宝宝显然还没有进入状态,研讨会就开始了。

今天的研讨作品有:

宝宝的记叙文:《一家三口》

妈妈的散文:《人生旅途》

爸爸的诗歌:《无题》

爸爸的小品文:《微信就是不能多信》

没错，爸爸参研作品有两篇。宝宝取笑道：没有得过一等奖，着急了吧！打算以量取胜了？

哼哼！你们是居心叵测，联手打压，做空我的作品。有人愤愤不平。

宝宝率先发言，但显然状态不佳：《人生旅途》我觉得吧……我觉得吧，多余的字太多了，像这里的"是"、那里的"或"去掉得了。最后一段写得好，总结得不错。真奇怪！怎么坐火车还是人生大事呀？

当时农村的孩子，没有大事谁坐火车啊！妈妈马上解释。

爸爸也及时插言，当时都是因为穷呗，你8岁的小屁孩，现在坐飞机的里程比我还多呢！你们还去香港玩，我还捞不着去呢。

爸，你别扯远了。再说说你的《无题》诗吧，你穷得没有手表，干吗说"丢掉手表"呀？此处有人解释，文学是来源于生活，但要高于生活的。

"玉渊潭"你怎么写成"玉源谭"了？

我没注意啊！智能拼音打"YYT"默认出来的呀。

看你挺仔细的人，怎么也马虎了。

有人旁边取笑，还中文专业毕业的，文字功底不足吧。

还有，诗中的"你"是谁呀？

文学作品可以用第一人称"我"的角度来写，也可以用第三人称"他、她"的角度来写。用第二人称"你"角度来写的，比较罕见。"你"的视角独特，感染力强，容易共鸣，我不知道是不是我的独创，但我是用第二人称写作的行家里手。

老爸，别吹了，我真不知道你要表达的是什么，还怎么共鸣？什么是无题诗呀？

无题，无题，就是无题目，表达一种情感和情绪吧。

算了！说说你的这篇笑话吧。

什么"笑话"？我写的是"小品文"好不好！

你这类的作品，不是经常发表在《京华时报》笑话版上吗？

我写的不是"笑话"好吧，我堂堂的什么什么……难道还要以写笑话为生？真是笑话！

别激动呀，同学，你的"笑话"一出来，各大网站都转载，怎么没见你别的作品如此火爆呀？你要真能以写笑话为生，那就谢天谢地了，我们就去巴厘岛开家庭作品研讨会去。

难道你们是想看我的"笑话"？！

别激动呀，老爸。你的这篇写得还是不错的，最后一段挺好玩的。

妈妈懒洋洋地说，别斗嘴了，该我评价你们的作品了。

宝宝同学的《一家三口》，真的是宝宝自己写的吗？怎么像爸爸的风格呀？

当然是我写的，我们六方面不同，爸爸只提供了两条线索。

宝宝写得真有进步，越来越有感觉了，挺有意思的，用词有趣，几个方面写得都有代表性，真的很好。

《无题》比上次写得好，风格差不多，属于意识流派，一次情感的表达，很梦幻。

《微信就是不要多信》情节设计得很好，作品虽然很短，但有两个亮点，一是细菌被太阳晒死了；二是微信不要多信，只信一点点。不过说微信千刀万剐的，对微信不公平（此处有人辩解）。

天热、人燥、火气大，爸爸只进行了简短的评价。

《一家三口》取材好，从三人不同之处着手，对比写区别，角度选得妙，语言流畅、生动、有趣，是一篇佳作。

《人生旅途》从一个"出差"的小角度，来写整个人生的变化，角度选取得不错。人生是个大题材，作者能以小见大来写，难能可贵。

你们俩的文风明显不同，无忧无虑的生活，造就了宝宝语言风格的欢快与流畅；生活的沉重，造就了妈妈语言风格的理性与凝重。

你们进步得都比我快，惭愧呀！我就说这么多吧，下面又到评奖环节了。

爸爸边说边从车载冰箱里拿出饮料。

来，宝宝，先喝瓶养乐多再评分吧！

少来拉拢我，自己不用心写，进步慢，怨不得别人。

看来，两篇也赶不上人家一篇了！爸爸一脸的苦笑。

评奖结果很快出来了。

一等奖：《一家三口》

二等奖：《人生旅途》

三等奖：《微信就是不能多信》《无题》

果然，两个三等奖也没有一个一等奖的奖金多。

一家三口

我家是温暖幸福的一家。有我、妈妈、爸爸这三个家庭成员。这次我主要要讲的是，一家三口人的区别。

关于出生：我出生环境最好了，在春暖花开的时候，在北京最好的协和医院出生，虽然没有亲友团迎接，但对于我来说，有爸爸妈妈迎接我出生就已经很好了（不过那时我应该还在懵懂之中吧）。爸爸的出生是最稀奇啦，是脚朝下、头朝上。正常的婴儿不是应该头朝下吗？爸爸还说自己是想始终顶天立地，呵呵！幸亏爸爸家在城里，幸亏当时的大夫技术高，要不然在寒冷的冬天，母子都可能遭遇不幸。妈妈出生最可怜了，是出生在农村的家中，而且比较倒霉，出生在秋天。你说出生在冬天不好吗？秋天家里人都去收割了，当时家里根本就没有人陪，脐带都是我姥姥自己咬断的。可怜的姥姥和妈妈！

关于睡觉：我是晚睡晚起，像个小猫咪。妈妈是早睡晚起，老是缺觉，像个瞌睡虫。爸爸睡眠质量不好，却是晚睡早起，真不知他是怎么搞的，忙来忙去的像个机器人。

关于吃饭：我是细嚼慢咽，喜欢的吃，不喜欢的不吃；妈妈是不慢不快吃，有营养的吃，没营养的不吃；爸爸呢，喜欢狼吞虎咽，不管是什么，只要能吃就吃，绝不剩下一点食物。

关于吃西瓜：我们家习惯用勺子挖着吃。00后出生的我，先吃西瓜的话，留下的西瓜中间就像一个小深渊；北大法学院毕业的妈妈，先吃西瓜的话，留下的西瓜就像一片盆地；人民公仆的爸爸可大方了，最甜的地方都留给我，留下的西瓜中间像一座小火山。

关于绘画：我是还算有绘画天赋，而且又专门上过绘画培训课，在我们家画画是最好的，还在自己家里兼职家庭绘画老师；爸爸呀，说起来就很可惜，天赋不错，就是没上过绘画培训课，在我的绘画课上画得比妈妈好；妈妈呀，既没天分，又没有上绘画培训课。

关于学习：我是学得快、记得快，思维是活跃型的；妈妈是学得好、记得牢，是记忆型的，是学霸；爸爸是理解得快、忘得快，是创造型的，是作家。

以上就是我们一家三口各方面的区别了。这就是我的家，很高兴和大家分享我们家的故事。

人生旅途

又要打点行李出差，默默地一样一样收拾好行装。衣服、鞋子、洗漱用品、电脑、书本、笔，必不可少的身份证……又在心里过了一遍，所有的东西是否准备整齐。

我第一次出远门，是在90年代初的一个8月底，目的地是怀着欣喜和憧憬的大学校园。由爸爸陪着，登上了一列绿皮的火车，从家到学校需要18个小时，当时是托人买的一辆过路车的无座票。当时火车的运力有限，车票也特别难买。是中午12点半的车，早上起来，早早吃了早饭，10点不到就来到了火车站。在闷热拥挤的候车室里，汗流浃背地等车……

后来的日子里，就是一个人或和同学搭伴一起去学校了……经常会在坐火车的前一夜，梦到自己迟到误了火车，虽然在现实中没有晚点一次，可能这就是所说的缺乏安全感吧，总是担心一不小心错过了什么，当然更包括了坐火车这等人生大事了。

担心忘记了火车票，担心带的东西不齐，担心赶不上车，担心不安全，担心坐过了站，担心车晚点，心里充满了各种忧虑。以至于大学毕业回到老家工作后，心里才松了一口气，再也不用为了坐长途车而担心了。

但是造化弄人，在一个三线的小城市生活了几年以后，为了自己的那份梦想，又考上了远离家乡帝都一所大学的研究生。但奇怪的是，对坐长途车的一系列的担心消失了，安心地收拾行李，提前半小时左右到达车站，慢悠悠地随着人流进站……

后来研究生毕业，找到了一份外企的工作。工作是繁忙充实的，出差也是必不可少的。对于出门的事就更少担心了，就像上街买一兜水果一样，平静地准备所有的一切。有一次和同事一起出国培训，同事们提前两周就开始准备各种出国必备物品、出游攻略、注意事项等等。我直到出发前一天把手头上的工作处理好，回家开始准备行李。当同事们知道我出发前一晚才开始打点行李时，都惊呆了。

人生可能就是这样，从最开始的紧张无措，到逐步适应，到自然从容地应对。在年轻的日子里，没有任何人生阅历，也没有任何人能够指导你的时候，你不知道自己所面对的是什么，因此对自己所要面对的处境总有一种紧张和担忧；慢慢地，体验过极致的快乐、蚀心的痛苦，人生的五味杂陈品尝过以后，人慢慢地长大，心智慢慢地成熟，就越来越能从容地应对生活中的风雨，淡定地观看天边一道道绚丽的彩虹。

微信就是不要多信

从八月流火般的阳光下，冲进家里，八岁的宝宝直奔冰箱而去。

老婆一个箭步赶到前面，"走，换拖鞋、洗手去！在外跑半天了，满手的细菌。"

看着挡住去路的妈妈，宝宝无奈地拐进卫生间，还不停地嘀咕着："哪来的细菌呀？早被大太阳给晒死了！"

"没有细菌，满手的灰尘拿东西也不卫生吧！"天热，人就火气大，老婆不依不饶地说。

不一会儿，洗涮完的娘儿俩又亲热起来，牵着手出来，直奔冰箱而来。

"停！"这时我果敢地挡住去路，"夏天不能吃冷饮。"

"为什么？"娘儿俩异口同声地问。

"夏天，毛细血管扩张、骨缝大开，吃冷饮会寒气入骨。"

"哪儿说的呀？"

"看！微信有啊！"我拿出手机翻开微信。

"微信你也信呀？"老婆不乐意了。

宝宝也是不耐烦："微信、微信，不要多信，我们稍微信信就行了。"说着拿出两盒冰淇淋。"老爸，你最信微信了，你就别吃了！"

看着她们娘儿俩一脸陶醉的爽快劲儿，后悔呀！这千刀万剐的微信。

实在忍不住了，我扔下手机。"那我也只信一点，本来想吃冰淇淋的，就只吃一个小布丁吧。"

顿时，嗤笑声经久不息。

无题诗

七月，雨后的清晨
阳光下的灼热
树下的阴凉
交融在北京城

早餐烫伤的左手
仍在隐隐作痛
睡梦中的阴影
仍然潜伏在记忆中

关闭手机
丢掉手表
忘却一回时间
忘却一次次烦恼

斑马线很多
逆行的人不少
蹬上186个台阶的过街天桥
躲避一次尴尬与争吵

阳光下,草叶上的水珠
短暂而璀璨
阳光下,世纪坛的圣火
时隐又时现
世纪坛北边玉渊潭的悠闲
世纪坛南边长安街的匆忙
是两条恍若隔世的风景线

你突然发现
世纪坛像一柄如意
更像一个汤勺
你陪它已整整十年
尝遍了酸甜苦辣咸
经历了十年风云和变幻

老大爷,请问现在几点
八点半,啊!还要准时上班
太阳下刚找到的灵感
又成了一片枉然
快步奔过逆行的斑马线
早把悠闲甩到了脑后边

第五次家庭作品研讨会侧记

驶过高速、穿过隧道、穿越黄河，驱车八个小时，我们来到了千里之外的山东老家。

第二天是 2015 年 8 月 19 日，第五次作品研讨会就在这江北水乡、运河古城召开。

本次研讨会特邀了当地小有名气的作家绪飞参加，还有数个文学爱好者褚天池、闻晓、乐乐等人员列席，颇具规模。

这次研讨会的作品有：

宝宝的《云朵上的学校读后感》《补牙》

妈妈的《酸枣树》

爸爸的《童年及以前时光》

不错，这次宝宝拿出了两篇作品，并坦言为奖金而战，因为邀请了知名作家参与研讨,如能获一等奖,奖金会翻倍。

"难以置信!"绪飞同学看完宝宝的作品,忍不住发言。"小小年纪就能写出如此作品,太难得了,《读后感》有自己的思考,想象力好,还能提出自己的问题,不简单啊。《拔牙》语言流畅,简洁,写得有意思,有生活,有感而发,逻辑顺序性强,最后一段好,结论好,非常棒!"

围绕宝宝同学的作品,妈妈也认为:"读后感写得好,有自己的价值判断,有自己的建议,有自己的想象,有自己的向往,还有对作品的质疑,作为一篇读后感,这些都不错。相对于《读后感》来讲,《拔牙》就写得有点匆忙,顺序好,但无亮点,可以再打磨,可以再写得好一些。逻辑可调整一下,通过对比得结论。"

爸爸提出了不同的观点:"《拔牙》还是不错的,以小见大,小事情预见大未来,这样的写作角度不错,拔牙的体会写得好,只是拔牙的感受写得太少了。《读后感》不像小天天的笔法,建议换成自己的语言来描述。《云朵上的学校》原文我没读过,读后感写得还算不错,结尾也不错。"

作品《酸枣树》,让绪飞同学感慨万千、羡慕不已:"为什么我就没有这样的童年呀?作品很好,语言朴素,想象力丰富,感情充沛,语言建议再打磨一下。"(此处有人谦虚,"我就是凑个数罢了。")宝宝又提出了自己的质疑:"吃不饱的时代,能出现吃得肚子滚圆吗?"(此处有人辩解,"当时饭不够吃,树上结的果子,有时还能饱上一顿的。")爸爸夸起了《酸枣树》:"风格质朴,文如其人。生活气息浓厚,作品很接地气,眼巴巴看着枣长大,把枣从小吃到大,从酸吃到甜,写得好。结尾的无奈,让人感慨,生活到处是酸酸甜甜的味道。"

宝宝看爸爸同学作品《童年时光之姥姥家的锅台》的时候,表情特别丰富，捂嘴偷笑、哈哈大笑、惊讶状、沉默状、呕吐状等表情层出不穷。"恶心！什么吃豆虫、抓田鸡，太恶心人了。"（此处有人辩解，当时食物太少，万物皆充饥的时代，没办法啊！）"你姥姥家人好多呀？重孙都出来了。"（此处有人满脸的追忆，唉！中国再也见不到如此大家庭的时光了……）"整体很好，细节描述生动、传神，比如不愿意吃田鸡，就感叹：这要断送了多少青蛙王子的梦想呀！这句有趣。"（此处有人嘟囔，文艺青年就是矫情！）妈妈拿起了批评的手术刀，进行了解剖："首先不切题，好多内容与锅台无关，题目应该改为《姥姥家的童年生活》或者去掉锅台二字。其次，虽然每段都很好、都很生动，但有些散、无主线、无逻辑。"

傍晚习习的凉风、眼前粼粼的湖水、远处华灯初放、身边花香阵阵……在风景如画的地方开研讨会，严重失策。唉！再伟大的作品，在湖光山色的大自然面前，都会黯然失色。作品《奶奶家的麦场》根本无人问津，大家不约而同丢下作品，置身于美景之中。

事后，大家补评了名次：
一等奖：《云朵上的学校读后感》
二等奖：《酸枣树》《补牙》
三等奖：《童年及以前的时光》

笑猫日记——云朵上的学校读后感

初夏，球球老鼠的一个子孙，为我们带来了一个令大家惊讶不已的消息：在西山脉的最高峰，有一所云朵上的学校，小白和她的女主人——蜜儿，就在这所学校里。

这是一所充满了魔力的学校。神秘的蜜儿老师让孩子们感到这个世界到处都有值得去探索的秘密。从古代穿越而来的花脸兽,靠吃花朵为生。仙鹤带领孩子们飞越雪山,穿过一朵又一朵云彩,让孩子们在探索中不断收获着知识、自信与快乐……

这些曾经在学习的压力下,噩梦连连的孩子,在这所学校里都变得快乐无比。作为吃货的我,最喜欢花样早餐和月光晚餐。花样早餐很有创意,月光晚餐很稀奇,居然还有树奶。看的过程中我的口水是哗啦哗啦流啊。还有教学方式好特别,是大自然的课堂。让我不明白的是:这所学校是怎样建成的?花脸兽是怎么样穿越来的?再提一个小建议,书里提到笑猫的女主人杜真子不是学习压力很大吗?如果杜真子也在云朵上的学校的话,会不会更有意思?如果花样早餐可以让孩子们自己做,会不会感觉吃得更香、更有成就感。

总体来说还是不错的,但还是没有说孩子们是怎么样到云朵上的学校里去的,只是说了蜜儿是怎么样知道孩子学习压力大不大的。

而且,在云朵上的学校能让孩子亲身去体验,而不是死板地教学。要让孩子在大自然中去发现,蜜儿老师能很好地激发孩子们的好奇心。蜜儿带领孩子们去探索世界,让孩子们的好奇心得到了满足。而传统教育只是把知识简单地灌输给孩子们,这样做的结果就是让孩子们的好奇心一点一点地丧失。云朵上的学校真是孩子们的天堂啊!

读完这本书,我感觉我也好想上这所云朵上的学校。

补 牙

有一天,因为我的牙出血,爸爸带我去医院看牙。

牙医叔叔让我躺在一张特制的牙科床上,用聚光灯和牙镜仔细地检查了一番，说："牙龈出血没有什么大问题，平时要多注意口腔卫生，多吃富含维生素C的蔬菜和水果，少吃上火的油炸食品。"

"哦，还有一个牙洞，看来得补一补了。"牙医接着说。

补牙很快，先漱口、洗牙、清理牙洞，然后补牙，十来分钟就结束了，一点都不疼。

抠门的爸爸，发现账单才二十八元钱，异常地高兴，出来就偷偷告诉我，我妈妈因为一个牙洞，要花一万元。

咱再说说我妈妈补牙的故事吧。

她补牙呀，本来是一个很小很小的牙洞。当时牙医跟我妈妈说了，但她认为感觉不到异样，就没有补牙洞。

我也刚刚补过，牙洞比她的大多了，当时应该花十几块钱就可以补上的呀。

她不是一开始没补嘛，后来怀孕就不能补了。生完我，洞更严重了，已经补不了了，只能拔掉。可我妈妈又怕疼，就一拖再拖，终于有一天，疼得受不了了，才去拔掉换个假牙。

本来十几块钱就可以解决的事，后来她因为不在乎、怕疼、拖延，得花一万块钱换假牙，再说假牙肯定没有真牙好啊。

看来干什么都不能忽视小事，小事发展了，就会变成大事。"勿以善小而不为，勿以恶小而为之"看来是有道理的，这就是我补牙的体会。

酸枣树

办公室里买了李子，看着鲜红的李子，大家垂涎欲滴。"好酸"，一个同事尝了一口，大叫道。我也顺手拿了一个，吃得津津有味。

我的耐酸能力是超乎一般地强，这好像是来自于童年口味的培养。

小时的农村，是没有零食概念的。饿了就去煎饼筐里拽一个煎饼，到菜园里拔一棵大葱，就解决了问题。唯一值得期待的是秋天，秋天是瓜果成熟的季节，是孩子们的欢乐季。在我家大门口有一棵歪脖子的枣树。在那个年代，凡是果树基本都是歪脖子的，原因不难理解：一旦到了能结果的时候，就会有嘴馋的小朋友拽住其树枝摇晃果实，树干连带着都被拉弯了。我家的歪脖子枣树，在我有记忆的时候就是一棵大树了，每年都结满了枣子，成熟的时候像挂起了成千上万个红灯笼，很是好看。每年秋天都能打下好几大筐的枣子，足够我们兄妹几人解馋的。

枣树是发芽和结果都比较晚的树，等别的树都已经开花结果了，枣树才慢悠悠地吐出嫩芽。没过多久，就开出小米粒似的小黄花，挂上青青的小枣了。我家这棵枣树，在我们村周围是一个奇特的存在，据说这棵树是某年山洪暴发的时候，被洪水冲到我家门口并自生自长的，品种和周围的枣树都不同，味道也和别的枣树不同。一般的枣树结出来的枣子是木木的，在没有成熟之前是什么味道都没有的，熟透了就是甜的。但我家这棵树是从枣子成形就有味道，只不过是酸的，比青杏都酸。家里的大人一般也不会让小孩子在枣子刚结的时候就摘来吃的，太浪费了。

哥哥很小的时候就是个听话的孩子，没有我的怂恿他一般不敢做出格的事，因为家里有一个特严厉的爷爷。但所有的一切都抵不过小朋友的馋嘴和饿，我和哥哥会为了解馋，在枣子很小的时候就爬到树上摘来吃。一般都是我放风，我哥来爬树去摘，摘了枣子我俩平分。一次就摘那么几颗，不是同情枣子小，不舍得，是因为的确太酸了。吃多了会酸倒牙，吃不下饭，很容易被大人发现。我们通常是一边龇牙裂嘴地吃，一边仰望树上的枣子盼望尽快成熟。我们就这样把枣子从小吃到大,从酸吃到甜。大人之所以叫这棵树为酸枣树,是因为枣子成熟的时候,也会稍稍带一点点酸的味道,但在我和哥哥看来,那已经是甜枣了。

在日复一日的期盼中,终于盼来枣子成熟了,看着树上鲜红的枣子,我们的口水都流出来了。爸爸一般会在树底下铺一层塑料布,哥哥爬到树上拿着一根长长的竹竿把枣子打下来。我则负责在树底下捡枣子并装到大筐里去。边捡边吃的感觉就像过节一样,每次都会把肚子吃得滚圆。在接下来的日子里,一边晒干一边吃,晒干的枣子没有新鲜的时候好吃,但总归是聊胜于无。直到现在我也是喜欢吃鲜枣胜过干枣,干枣的口感和味道都会比鲜枣差多了。

后来因为村里统一规划宅基地,这棵树就被强制要求砍掉了。这让我伤心了很久,再也没有从酸到甜的枣子吃了。每次回家的时候,看到被砍掉树身后留下的树桩,心里总会泛起那酸酸甜甜的味道。

第六次家庭作品研讨会侧记
——草原天路之旅

一场刻骨铭心的爱情,一次说走就走的旅行,想一想就让人热血沸腾。9月3日,说走就走一路向北,奔向张北大草原。

为了避开出城交通拥堵,凌晨3点多,全家人都爬了起来。特别是宝宝同学,懵懵懂懂就上了车,在车上美美地睡了一觉,到了居庸关长城才睁开眼,看到关外的日出和风景才兴奋起来。

驱车260公里,在早晨8点钟出了高速野狐岭收费站,就看到"草原天路"指引牌。

大部分游客都走野狐岭到桦皮岭的东线草原天路,100多公里号称媲美漂亮国的66号公路,其实野狐岭西边的30多公里西线草原天路,也是风景如画,并且地势跌宕起伏落差大于东线,开车有辗转腾挪于云端之感,车少人少、刺激爽快,是体味速度与激情的好地方。西线走上20多公里再去东线,游程150多公里的草原天路才算圆满。听说以后又开发了再向东100多公里到沽源的新东线草原天路，也值得一看。

骑骑马、射射箭，吃了羊肉串，拔了红皮小土豆，买了交智商税的土特产，便到露营地系上吊床，优哉游哉地召开作品研讨会。

宝宝作品：《祖国，我们永远的家园》

妈妈作品：《漫谈职业规划和职场重要能力》

爸爸作品：《童年及以前的时光》（之四）

爸爸伸了伸懒腰，率先拿起了宝宝的诗稿。好！不错！第一次见到宝宝写诗，感觉后继有人了，除了血脉有了传承，咱家诗意也有了传承（嘘嘘声响起）。《祖国，我们永远的家园》开局开得好，从盘古开天地，到五千年文明，读起来朗朗上口、合辙押韵、一气呵成，非要找点美中不足的话，诗讲究"起承转合"，其中"承"和"转"少了点，有点不尽兴。

宝宝开始写诗了？难以置信啊？妈妈一脸的诧异。赞美祖国的诗太多了，难以写出新意，宝宝能由古至今、由虚到实、由远渐近，奏响祖国是我们家园的旋律，也是十分难得。"划破、开启、点亮、铸就"四个动词用得贴切，随后12个排比句，虽然少了诗的韵味，但胜在干脆利落。建议给报社投稿，会是国庆诗的佳作。

宝宝用吊床遮挡住红扑扑羞涩的小脸，赶紧换了频道，开始剧透妈妈同学创作过程：从打开电脑，到噼里啪啦一阵键盘响，再到文章结束不到半小时。啥情况？爸爸惊呆了，快手啊，佩服佩服！巴掌大的文章我都要写半天，你辞职做枪手也能实现财务自由啊！

我是有感而发，用五笔打字快罢了！妈妈同学做谦虚状。

宝宝继续评价道：挺好的，是一篇绘声绘色的小自传，也是一碗非常励志的心灵小鸡汤，为妈妈的下笔如有神喝彩！说点不足，就是文学性不强。你们大人职场的那些事，我皱着眉头也看不懂。

我是职场老江湖了，职场那些事我懂，拿来我看看！爸爸急忙抢过稿子。嗯嗯,符合你妈知心傻大姐的形象,你妈前半场浑浑噩噩的,后半场居然活得这么通透。被"四大"摧残了几年,获得了职场必备的四大能力:领导能力、学习能力、抗压能力、合作能力。并娓娓道来"选择"在人生道路上的重大意义,人处在什么层面上,不一定是学历、能力成就的,而是在人生关键的时候,做出的选择决定的。职场小白看到你妈的作品,必然能开卷有益、受益匪浅啊。

爸爸同学,别再吹嘘了!宝宝提出了抗议。以前看妈妈的童年,再看看你写的童年,我心酸了!妒忌你们这么丰富多彩的童年了,我的童年咋就这么平淡无奇啊?我不是在学习,就是在去学习的路上。

知足吧宝宝,我们少吃、少穿、少玩的童年,与你能比吗?妈妈敲了敲发牢骚的宝宝。《童年的时光》终于结束了,整体看文笔流畅、层次分明、童真童趣、有真情实感,几个年龄节点、几个场景变换都写得不错。

看你把童年写了近万字,挺不容易的,我们发扬风格,安慰你一下,我们娘儿俩决定赐你个一等奖。

什么呀!俺凭实力挣的。

得便宜卖乖是吧?不然咱仨重新投票试试?

呵呵,哈哈……咱们还是欣赏草原天路的美景吧!

古长城、观景台、大风车、蒙古包、花海栈道、牛羊成群、梯田村舍、炊烟袅袅、丛林叠翠……

一家三口其乐融融,沐浴在天然氧吧里,陶醉在大自然的风景中。

祖国,我们永远的家园

盘古的利斧
划破了黑暗的夜空
黄帝和尧舜的背影
开启了智慧的眼睛
孔孟及众贤的火种
点亮了上下五千年的文明
南湖那艘红船
浩浩荡荡破山而行
先辈们的热血
铸就了祖国的昌盛

祖国像妈妈乳汁般香甜
祖国如爸爸怀抱般温暖
祖国是奶奶慈祥的目光
祖国是爷爷宽厚的臂膀
祖国是安然入眠的摇篮
祖国是和谐友爱的家园

祖国是中华民族梦想的源泉
喷涌万年永不间断
祖国是胜利远航的风帆
乘风破浪永远向前
祖国是守护疆土的战舰
无坚不摧风范尽展

祖国是御敌千里的边界线
祖国是十四亿人民的尊严
祖国是五十六个民族最大的靠山
祖国，是我们永远永远的家园

（刊发在2019年《枣庄日报》上，这是宝宝第一次发表作品）

漫谈职业规划和职场重要能力

对于职业规划，在读研究生之前对我而言是陌生的。我的学生生涯是在一个计划比较强的时代里度过的，自主选择的机会比较少，所以也相应地缺乏自主选择的能力。每一步的进步都是按照"车到山前必有路，船到桥头自然直"的方向前进：小学，中学，大学，工作，似乎是顺理成章的事情。但大学毕业后，却面临了双向选择的一个就业大趋势，也经历过一段毕业即失业的茫然日子。即：各个单位招人不是根据上级分配，而是要层层选拔和招考。由于各个单位并没有做好选拔的流程和方式，学生并不会在一毕业就拿着派遣证到单位报到。即便这样，也是按照既有的流程去参加各单位的考选，所以谈不上职业规划。

在老家稳定地工作了五年后，出于对进一步开阔视野和自我提升的渴望，选择了考全日制的研究生。短短的几年时间，就业环境发生了巨大的变化，毕业的学生可以自主地选择：留在大城市还是回老家？去机关还是去外企、私企？我们学法律的，是去四大还是去律所？各种各样的选择会决定未来走一条什么样的路。再看周围的同学，也不再是像大学毕业时的同学一样，大都选择去各级公检法部门，而是拿到了千差万别的各种各样的 offer：去机关的、去投行的、去咨询机构的、去银行或企业做法务的、去律所的……对于我们学税法的同学，还有一条很热的路径：去四大的税务部门做税务。

面对各种各样的机会，我纠结了：到底应该选择一条什么样的路呢？回老家当公务员还是进四大做税务，成了摆在面前的现实问题。如果回了老家，就是稳定的职业，生活得安逸而稳定，目前的年龄，也很难再有重新回到大城市打拼的机会；如果留在帝都的四大，也就失去了享受安稳生活的机会，将会面临的是各种各样自己所不熟悉的挑战，自己能不能好好地生存下来？如果应对不了，再回去老家进机关的机会将会很渺茫。

在反复衡量了各种优劣势之后，我还是选择进了四大：一是当初选择从老家的机关单位考研究生走出来，就是为了改变一眼望到头、一成不变的机关生活；帝都的资源和机会远远大于小城市；未来的孩子也有一个比较好的学习环境和比较开阔的视野；而且自己是一个适合做专业技术的人，同时也有应对挑战和困难的能力。

在进四大之前，对于四大是一无所知的。只知道是四个全球性的会计师事务所，根据各种各样的渠道，知道选择员工的标准是：需要领导力、学习能力、抗压能力、团队合作能力等各种能力。当时在终面的时候，也向领导提出了自己的疑问：学习能力和抗压能力，我觉得是可以理解的，在一个做税务咨询的机构，法规变化很快，业务和市场也变化很快，没有很强的学习能力，就不能很好地给客户优选的解决问题方案，抗压能力是需要在工作量大而难的情况下能梳理出思路，很好地完成工作，团队合作能力也是在工作中必需的，但是为什么所有的企业都需要领导力？真的所有人都会最终走向领导岗位吗？当时的合伙人给了我这样的回答：领导力不是单纯意义上的领导别人的能力，领导力首先是自我管理的能力，只有能管理好自己的人，才能有效地管理别人。说到底，是需要自己做到自律，自己能管理好自己的时间和工作，在自我管理能力到一定程度的时候，才能赋予你更大的工作职责，带领一个团队。所以领导力是一项非常重要的能力，不仅仅是成为一个领导后才需要的能力。

在后来的工作中，深刻体会了领导对于领导力的解释：作为一个咨询机构，是为客户解决业务中发生的各种各样的难题。外企的管理是比较有人性化和灵活性的：不限制上下班的时间，你手里的项目，可以根据你对客户需求的理解，而进行灵活的安排，即：强制性的管理是不可能的，所以需要员工自主安排在哪个时间段做什么事情，哪个时候需要回复客户，这些都需要自主来安排。如果你是一个只能根据别人安排来做事的人：一是会没有效率，等待就是增加时间成本；二是你不一定能提供更好的解决客户问题的方案，需要自己去收集更多的信息和资料，帮客户做出合理的决策。这些都不是程序性和根据别人的安排就能做好的事情。所以这种工作模式决定了强制性管理不能产生很好的效果，所以需要在招人的时候就能找到合适的人选，有自驱力和主动性的人，这样才能实现公司长远的发展，也能让这些对自己有要求的人，能得到知识能力的提升和成就感，公司和个人互相促进，达到双赢。

四大对人的第一个要求就是：极强的学习能力。四大虽然是一个会计师事务所，但是招聘的时候一般不大关注专业，更关注的是学习能力。不怕你不会，就怕你学不会。不会做，只要你愿意学，有前辈、有法规库、有平台资源、有各种各样的培训，只要你愿意学，总有各种各样的学习的途径；慢慢在工作中就能形成专业的知识体系。如果你现在基础很好，但放弃学习，很难应对日新月异的业务和不断变化的法规，最终拿不出能够适用企业落地的实施方案。所以学习能力远比你现在的知识积累重要。现在的知识储备只能证明你过去的努力和成就，而不能决定你未来的工作能力和高度。

抗压能力也是一个人重要的能力，其实通俗一点讲就是你应对挫折和困难的能力，是被困难打倒，还是克服困难，迎难而上。作为一个咨询机构，你所面对的都不是一成不变的常规问题，而是极具挑战和企业自身无法解决的问题。你面对的可能是你一时无法完成的，也完全没有头绪的问题。在这种情况下，你需要在千头万绪中找出问题的关键，找出解决问题的办法，没有极强的抗压能力会让你面对问题的时候一筹莫展，甚至崩溃。

团队合作能力也是一个四大人最重要的能力：你需要从客户的不同部门了解客户的基础信息，你需要向下安排工作，你需要向上报告工作进展和成果，你需要在公司内部整合各种有利于你解决问题的资源，没有很好的团队合作能力，很难圆满地完成一项复杂的工作。

以上所有的能力都来源于你主动的学习，自主的思考，勤奋的工作。这些是培养上述各种能力的基础，相信一分耕耘、一分收获，相信有志者事竟成。有勤奋的心态，有坚忍不拔的毅力，有正确的方法，一定可以在工作生活中大有收获。

童年及以前的时光

童年，以及之前的时光，逝去得已经太久远了。繁杂的成人生活，让幼年和童年亲历的那些人、那些事已渐渐淡忘。

大约三个童年的时光过去之后，我的宝宝来临了，激动、惊喜之余，我常常凝视她幼嫩的面庞，试图从她的小脸上探寻我幼童时的模样。

宝宝五岁之前，最爱听我给她讲述我小时候的故事。她作为一个00后的北京宝宝，对在"文革"期间出生的我和我的童年，对山东南部"江北水乡、运河古城"，碧波荡漾的微山湖畔，连绵万亩的石榴花海，鬼斧神工的大裂谷，雄伟壮观的抱犊崮风光，以及那座著名的煤城，都产生了莫大的兴趣。

也许那时候的蓝天白云、那时候清澈的小河、那时候的兄弟姐妹、那时候的田间地头、那时候的山明水秀、那时候的炊烟袅袅、那时候的鸡鸣狗叫、那时候原生态的饮食、那时候人与自然的和谐相处，对于她来说，都是难以想象的存在。

在追忆、回味和讲述的过程中，童年的时光在记忆的长河中逐渐明亮。

幼年的时光

在记忆的长河中，黯淡无光，再也想不起来的就是五岁前的幼年时光了。

年轻时曾经被人称作"电脑"的大脑，再也搜索不到幼年的蛛丝马迹,想破头也不能再现幼年的时光了,难道是被自己删除了那段信息?还是被一种神秘的力量抹去了那段记忆?

"为什么提到幼年的时候,你就死机了呢?是不是你的内存不足呀?"宝宝对我的"电脑"性能表示怀疑,甚至对我的智商也开始质疑起来。现在的宝宝,真是无法无天。简直是蔑视权威呀,是可忍,孰不可忍啊。

哼!等宝宝长大了,看谁记得清她幼年的往事:什么尿床啊、什么摸电门啊、什么拽着别人的衣角喊妈妈……总之,她小时候的糗事也多了去了。

不过,为什么宝宝对她一岁多发生的事,还记忆犹新呢?我对幼年的失忆是个案,还是成年人普遍的现象?记忆力超强的宝宝妈也说记不清幼年往事的时候,我忽然就坦然了。就像一个自卑的笨子,当他发现周围的人都和他一样笨时,他突然就自我感觉聪明了一样。

幼年的公认界定是五岁之前,但老人们通常说是六岁之前,中间差异的一年,就是古人云的"虚岁"。虚岁之说,充分说明我国原来是以怀胎开始算年龄的,我们对生命的界定是与西方人观念一致的,受孕即是生命的开始。

幼年的点滴往事,在宝宝的追问下,通过我爸爸、妈妈、外公、外婆的回忆与述说,那时的我是这样的:"爱折腾""性子急""脾气犟""一包心眼""小大人""大头"……

"大头,大头,下雨不愁,人有雨伞,我有大头!"比我大不上几岁的几个舅舅,都是我小时的玩伴,他们老是取笑我头大,那时的我很自卑,上学以后他们就知道了,大头里面全是脑回路啊!全矿务局十多所学校竞赛,我是数学第一名,语文第二名,中考我是全矿务局总分第一名,在同学圈里,也传奇过几年。

"好汉不提当年勇吧！况且矿务局的人都笨吧？"她们娘儿俩的观点，我是不承认的、我的爸妈是不同意的、我的同学们是不认可的。

说到"爱折腾"，有这么两件事让我唏嘘不已：

一是在我出生的时候，接生的大夫把我妈妈的胳膊腿都绑在手术床上，因为两年前妈妈生过我姐姐，所以她就纳闷：难道现在接生用新办法了？那时候的大夫医术高明啊！没有任何仪器设备，就已判断我头没有朝下。哪像现在的专家，高精密设备齐全，还经常误诊。看看，我没出生就知道男子汉大丈夫要始终顶天立地，真犟啊！

想起来，就心有余悸。幸亏我出生在新中国的城里，在旧社会，生孩子就是闯鬼门关，我这应该属于标准的难产，如果投胎到偏僻的农村，我和我妈早就死翘翘了。爱折腾，从出生那天就开始了。

二是大约在两三岁的冬天，一个飞雪连天的傍晚，我和大我两岁的小舅争抢火钩。火钩是以前烧炭火炉子的时候，用来挑炉盖和松底火用的，现在的宝宝是见不到了。在抢夺火钩的过程中，可能是我性子急、人小脾气大，小舅迫不得已松手了，失去平衡的火钩就直奔我面门而来，看到挂在我右眼上的火钩，我妈吓得魂飞魄散，我爸抱起我就冲进了大雪里。

矿上的门诊说看不了，建议转院治疗，当时矿务局总医院在四十多里外的郊区。爸妈二话没说连忙去赶火车，下了火车已是深夜，离医院还有十里路。估计爸妈也顾不上拍打身上的雪花，两个雪人裹着我在雪地里奔走，根本就看不清路，不留神还滚到雪沟里……

妈妈清楚地记着，医院的值班大夫姓徐，说幸亏来得及时，万幸火钩差一点就伤到了晶体……

多少年以后，我多次想拜谢徐大夫，可惜他回上海了，从此杳无音讯。就像好多支援过家乡建设的外地人一样，奉献青春又默默无闻。

曾有一段时间，宝宝经常在我睡觉的时候，翻我的眼皮找洞痕、查看眼珠上的伤斑。

意想不到的是，我的右眼现在出奇地好，左眼经过了远视、近视、花眼已远不如右眼。"因祸得福"了吗？孙悟空通过丹炉炼就了火眼金睛，我难道是通过火钩锤炼了眼睛？

要不是宝宝想探究我的幼年，我还不知道我的"折腾"，让爸妈受了那么多的意外之苦！还有多少我记不得的"折腾"，让老爸老妈心如刀割啊！

爸妈就像我的大苹果，怎么爱你们都不嫌多，怎么孝顺你们都不为过。

为了一个北京宝宝，年近不惑的我又"折腾"到京，把爸妈留在了千里之外的老家，别说孝顺了，标准的"坑爹""坑妈"呀！

唉！不说也罢。天下子女奉献的爱，总没有父母付出得多！

幼年那些岁月，记不得的匆匆时光，都永远留在父母的记忆里，一代又一代，谓之天伦之乐，成为世界上最幸福的时光！

童年时光之弟弟出生

弟弟的第一声哭啼，宣告了我幼年的结束，开启了我的童年，也开启了我最早的记忆。

我的同学中，有很多比自己小五六岁的弟弟或妹妹，当时只是诧异于人生轨迹的惊人相似。在与宝宝共同探寻记忆奥秘的过程中，宝宝的奶奶道出了其中的缘由。

当时国家的生育口号是："两个娃正好，不多也不少。"妈妈说已经儿女双全了，本来不想再要宝宝了，听说要实行计划生育，怕以后没有机会了，就给你们再添个姊妹、多个玩伴吧!

弟弟的啼哭一下子照亮了我的记忆，沿着哭声我还能追忆数月之前。那应该是一个夏日，午后的阳光从窗外照进来，妈妈坐在床上，懒洋洋地缝制一件黄色碎花小被子。这床小被子，至今还放在妈妈家的沙发上。"妈妈，你又给我套被子了?""乖孩子，这是给你弟弟套的。""我要有个弟弟了?!""是的，看过中医了，是弟弟。"

想到这儿，不由得再次感叹，那时候小城市的大夫医术都这么好，把脉就能知喜脉、辨阴阳。

记忆再次跳到弟弟出生那天。我坐在二舅自行车的大梁上，等双腿都麻木了，像被无数根细针扎痛的时候，医院就到了。我看到妈妈头上包着红色毛巾，一声嘹亮的啼哭从妈妈的臂弯里传出来。这就是我的弟弟?一种亲近之感油然而生，好想上去抱抱他。

然而，一个穿白大褂的女医生正用刮胡刀剃他的头发，还转过头对我说，我给你小弟弟理个发。过一会儿才知道她是在逗我玩，因为她在给我弟弟扎头皮针。我可怜的弟弟，出生头一天，就要被针扎头，受皮肉之苦。

弟弟的到来，给我们五口之家带来了许多的欢乐。他出生的第二年，我就开始上学了。还记得有一次他光着小屁股，来学校找我，遭到了女同学围观，当时，害羞的居然是我。

全家弟弟的颜值最高，小时候是"洋娃娃"，长大是"帅哥"，每次被人质疑"你们怎么能生出这么漂亮的孩子"时，爸妈居然还沾沾自喜。"长得像演员"是家乡人对长相的最高评价，弟弟是屡获此荣，现在弟弟居然在家乡是小有名气的一位业余演员了。

我有五个叔叔、一个姑、六个舅舅、一个姨，那个时候提起来，我是非常自豪的，国家也是提倡多生育的。爸爸、妈妈分别是两家的老大，我和姐是两家下一辈的老大，最小的叔和舅也就大我两三岁，我这个长子长孙，很讨老人的喜爱，弟弟出生的时候，他们早就子孙满堂了。

奶奶家在农村，姥姥家在煤矿上。寒暑假我去奶奶家，平时生活离姥姥家近。

我童年的时光，就在城乡之间穿梭来往，不知道生活的艰辛与惆怅，在鲁南大地上无忧无虑地飞翔。

童年时光之姥姥家的锅台

我与弟弟相差六岁，与小舅只相差两岁，与五舅相差四岁，舅舅们反而成了我童年的玩伴。郊外踏青、山林采摘、小河里打堰摸鱼、田野上拾花生、捡豆子、耪地瓜，用牛皮纸糊风筝、用木头刻手枪、用自行车内胎做弹弓、用烟盒叠纸牌……成长的童年，和舅舅们玩得不亦乐乎。

矿区的宿舍大院依山而建，北面是卓山和北山，再向北就是群山起伏、山峰叠嶂的泰沂山脉。北山之上有座钓鱼台，巨大的青石台面上，有两个深深的脚印，相传是姜子牙垂钓之处。钓鱼台下原本是一片汪洋，现在是一座美丽的大学校园，我曾在此度过了六年热血沸腾的青年时光，这已是后话。半山腰到处是被水侵蚀的痕迹，泥土里、山石缝中到处有各色贝壳，默默倾诉着黄淮之水的记忆。敲化石、挖贝壳曾是儿时最常见的户外活动。

矿山外的青山绿水、山坡河沟、成林的果木，到处充满了对儿时的诱惑。山腰树下，有蚂蚱可以烧了吃，有地角皮可以炒鸡蛋吃，偶尔能围堵住一两只野兔和山鸡，回去能开个大餐；沙土地里,有长长的、水嫩嫩的、甜丝丝的毛草根,可以挖出来直接嚼着吃;农田里,村民收获完的庄稼地里,可以拾到黄澄澄的豆子、落下的麦穗、遗漏的地瓜和花生;河沟清澈的水里有鱼儿游动,截一段河沟,两端打好堰,用盆把河水舀出来,活蹦乱跳的鱼儿就可以很轻松地抓住了,特别有成就感。几个舅舅外出打牙祭,都喜欢带上我,我可以给他们照看衣服、看守战果。

当时跟舅舅们玩,大多跟吃有关。舅舅们的野外活动,也有几样我是不愿意参加的。比如说,到豆子地里,捉肉嘟嘟的豆虫,然后用筷子从一头顶进去,豆虫整个翻过来了,豆虫的绿色内脏就翻到筷子上了,洗巴洗巴就炒着吃了,我不敢吃,瘆得慌。还有夜里拿着明晃晃的矿灯,到河边抓田鸡,强光一照呱呱叫的田鸡就呆住了,然后用钢叉叉田鸡,回家扒了皮炒着吃,我也不想吃,倒胃口。长大以后,读完书参加工作后,发现好多的饭店筵席,都有炒田鸡、炖牛蛙,我都不愿意吃。这要断送了多少青蛙王子的梦想呀。

和舅舅们玩,最不情愿的是他们围成一圈,把我像扔皮球一样,来回丢着玩,感觉自己像火箭一样呼啸着在他们手里穿梭,唯恐哪个舅舅会失手把我摔下来,心里满是恐慌,但他们老是乐此不疲。以至于多少年以后,对欢乐谷的过山车心怀恐惧;以至于很多年以后,我对自己的宝宝从来不敢撒手。

我的外公解放前参加工作,是矿上离休的职工,全矿工资最高,一个人养活了十口之家,现在都难以想象。外公小时候读过私塾,曾经白天给日本人运炭,晚上为八路军运粮食。我小时候最喜欢跟在外公身边,听他读《三国》、读《聊斋》、读《西游》、读《拍案》、读《红楼》,我为数不多的古文功底,也是他老人家熏陶出来的,我对文学的爱好也是外公一字一字读出来的。

外孙旧事

> 外孙是条哈巴狗，赖着锅台不想走。
> 外孙长大向外走，姥姥喊着不回头。

以前民间认为外孙只贪恋姥姥家的肥锅台，长大了还要去奶奶家传宗接代，养外孙是白养。其实，血缘的传承与男女无关、与姓氏无关。

记忆中姥姥家的锅台是泥砌砖垒而成，一口大大的黑铁锅嵌在中间。左手边是口全木制的大风箱，与锅台平齐，也与儿时的我平齐。姥姥之所以喜欢我，可能是她做针线活的时候，我喜欢给花眼的她穿针引线；可能是她做饭的时候，我喜欢替她烧火；可能因为我拉风箱最卖力、最专心、最持久。

从站着拉风箱，到坐着拉风箱，童年的时光一晃而过。

我最后一次看到姥姥，是她老人家过世前的半个月。那个时候我已经到北京工作，每次回老家都要去看看姥姥，我的童年算是围着她长大的。外公走后，姥姥由几个舅舅轮流照看，当时姥姥住在二舅家，舅舅说她已经老糊涂了，已经认不清人了。她看到我的时候，混浊的目光瞬间清亮了许多，一下子叫出了我的乳名，还摸摸我宝宝的头，说长得越来越漂亮了，我还逗她说，我一直以为宝宝在医院抱错了呢，她连忙说没错、没错，和你小时候一个模样。

姥姥年轻的时候，兵荒马乱的，逃荒的时候从毛驴上摔下来，因为没钱医治，瘸了一条腿。过世的前几年，又把另一条腿摔折了，一直在床上过了几年。我刚有宝宝的时候，她还坐在床上懊悔地说，我想去北京给你看孩子呢，谁想老了就不中用了，摔倒就爬不起来了。

这一年，她老人家已经86岁高龄。

姥姥看了一辈子孩子，女儿、儿子八个，外孙女、外孙四个，孙子、孙女十一个，摔腿前还照看过重孙三个。姥姥说她一辈子都喜欢照看孩子。

她所有的心血都倾注在一个个孩子身上，多么伟大的姥姥啊！姥姥是远近闻名的"甄大娘"，德高望重、慈眉善目。

因为要赶着参加朋友的聚会，没多久我们一家三口就走了，临行前，我看出姥姥依依不舍的神情，这神情让我后悔了很多年，耿耿于怀、难以忘怀！她去世前难得地清醒，我竟然匆匆离去……

真是应了民间一句俗语，我是一条姥姥喊着不回头的狗啊！

童年时光之奶奶家的麦场

等我上学以后，舅舅们也陆续下乡、参军、工作了。

当年，好多的城市都是因企而建，家乡以煤炭而建城、莱芜以钢铁而建城、东营以油田而建城。一个大企业就是一个大社会，我儿时成长的地方是闻名遐迩的"枣庄煤矿"，学校、医院、幼儿园、图书馆、俱乐部、运动场、商场、食堂、澡堂等各类辅助设施一应俱全，服务设施完备、社会功能齐全，而且大部分对职工都是免费开放的。是孩子玩耍的乐园，也是玩着长大的好地方。

当时矿上的孩子也大多爱玩、不爱读书，因为工作岗位多，初中毕业就会被安排各种各样的工作，记得当时还有一种参加工作的方式叫"替老换幼"。还没有到高考，有一半的同学已参加工作了。

我是个例外，我爱上学。玩伴们说学习多累呀？我说不累啊，读书挺好的，书中自有黄金屋，书中也有颜如玉。我之所以是个例外，因为我妈是个例外。妈妈的朋友不多，难得有一次妈妈参加退休工友的小聚，一个同事对她说：工作之余我们都在打毛衣聊天，唯独你在读书看报，感觉你太清高，我们太俗气了。说得我妈为此郁闷了好几天。我妈是一个没在知识岗位上工作的知识分子，她的故事等我以后专门再聊。

爱读书的我小时候有点腼腆、胆子小，曾经有段时间在学校受人欺负，我不想告诉大人，想自己解决。矿山的职工来自全国各地，有不少的世外拳脚高手。我亲眼所见，有一位拳师达到了内劲外放，一掌打出，离掌半尺远的铁链，就哗哗直响。他们常常在矿区外的树林里打拳踢腿，我就想拜师学艺。因为我个头小，长相憨厚，心眼都藏在肚子里，各路大侠居然都允许我在旁边比葫芦画瓢地偷学，大路边的拳法看了不少，有时候大侠们还叫我过去，让我比画几下，估计是他们歇息之余，逗我玩罢了。有一位道骨仙风的老先生，倒是非常尽心地指点过我一段时间八卦太极拳，因为没有正式拜师，最后也不了了之。

时间久了，什么二踢脚、旋子、鲤鱼打挺、翻跟头都练得有模有样了，胆子也练大了，性格也开朗了许多，渐渐地就没人敢欺负我了。那段时间，我渐渐地痴迷于武术了，还偷偷地买了一些武术书籍，自己钻研拳法，打算大练一场。不料东窗事发，此事被我妈妈知道了，她不想让我成为打打杀杀的野孩子，一把火就把我的习武书籍全都烧了，逼我专心学习。

事后才知道是姐姐和弟弟告发我了，他们发现我晚上行动诡异，常常出门一转眼就不见了，经过多次长时间盯梢，终于窥探到我在汗流浃背地打拳。唉，还是学艺不精啊，被跟踪了还没察觉。

学武之路被妈妈给堵上了，我居然也没有产生逆反心理，咱真是一个听话的"乖孩子"呀！但偷偷地找个地方，花拳绣腿地练上一番还是常有的。特别是奶奶家的打麦场，特别地平整，是练武的好地方，妈妈还监管不到，老家的小伙伴们那羡慕的目光，让小时候的我特有成就感。

奶奶家的麦场，是我童年最想念的地方。

每每学校放假，到奶奶家广阔的天地里去撒欢，是我的最爱。特别是暑期，有各种野果子，你总也采不完。晚上，拉上一张席子，躺在麦场上，听蛙叫蝉鸣，数天上的星星，还是非常惬意的。有时候，听村上的老人讲稀奇古怪的鬼故事，绘声绘色的，四周是黝黑黝黑的，特别吓人……

爷爷是甘霖矿的矿工，离家六十多里，记得我假期快结束的时候，通常是爷爷骑自行车把我带到甘霖矿，爸爸再去甘霖接我回家，当时不知道六十里路有多远，只记得坐在自行车上的我，双腿要麻上四五次才能到。沿途清澈的河沟、平整的山石、阴凉的树林都是歇息的好地方，途经一个叫"黄风口"的山口，感觉上坡特别地长，爷爷要推着自行车走好久，车上还有我和行李。下坡的时候就特别地爽，迎面的风鼓起了衣袖，感觉像飞一样。

有一次爷爷为了躲避一只路边跳出的野兔，我们爷儿俩连车带人，叽里咕噜翻了好远才停下来，等我爬起来，发现那只兔子还停在原地，翘起两只前腿竟然无辜地看着我们，真想抓住它烤了吃。

奶奶家的麦场，原来是自家的自留地，是爷爷利用工休整出来的，我还帮着爷爷拉着石碌碡轧了很久，打麦、晒豆、晾地瓜干什么的，都在这块麦场进行。这块干净、平整的麦场，后来成了村里人聚集、纳凉的好地方。我在老家的暑假时光，待在这麦场的时间比在奶奶家要长。

麦场边上是一片杨树林，杨树林后边是饮马泉，饮马泉从来没有干涸过，即使大旱的年头也是这样，村里的老年人说这是关公牵马饮水的地方，是神泉。饮马泉下游是一个大大的水潭，我那被宝宝鄙视的狗刨式泳姿，就是在这水潭中跟村里人学的。饮马泉再东几百米，曾经有一座关公庙。依稀记得，小时候我经常到关公庙里玩耍，我最喜欢藏在关公的黄袍里，让玩伴们找不到自己。但爸爸说关公庙早在"破四旧"的时候，让那帮疯子们给拆了，我不可能见到。是我记忆紊乱？还是记忆穿越？还是我与关公有隔世神交？

我奶奶家的这个村子就叫关帝阁。

童年的时光，像一只蝴蝶，在姥姥家与奶奶家之间自由飞翔；像一条小河，在乡村与城市之间欢快地流淌；像一只喜鹊，落在锅台与麦场上放声歌唱。

终于有一天，奶奶在村里给街坊四邻不停地吹嘘：我的大孙子考上状元了！其实不过是初中入学考试，第一名而已。

我就知道，童年的快乐时光就这样结束了。

成长与感恩（跋）

殷 敏

为人我是单纯的，为文我是敬畏的。虽然身为文科生，但思维更倾向于理性，所以对于写文章一向感觉是件高大上的事，对能印在纸上的文字更是油然而生景仰之情。

对于热爱写作并出过几本书的先生来说，他觉得写作是一种情怀，把自己的感悟写出来能够给人愉悦或启迪，并陶醉于这种分享的快乐之中。他认为我从一个偏远的农村到定居首都；从一个割草放羊的小村姑到都市白领；从一个单纯如一张白纸的女孩成长为一个富有育儿经验的妈妈，这些独有经历沉淀出的人生感悟，必定会对一部分人的成长，带来一定的启发作用。所以鼓励我把一些所思所想形成文字，并作为这本书的后记。

关于成长

很多人都在探究人生的意义究竟是什么，想到极致甚至会陷入一种虚无主义的状态，觉得人生真没有太本质的意义。我也在想人生的意义是什么？我觉得人生的意义在于通过各种各样的尝试，发现造物主给予的天赋，并将其发挥出来，能让自己的身心更加舒适和自由，能让自己周围的人感觉安全和愉悦，能使社会因自己的存在变得更美好一点。当然这是一个理想化的状态，但可以为达到这种状态而努力。努力让自己变得更优秀，努力让周围人生活得更舒适，努力让社会变得更加美好。

我是一个随遇而安的人，成长是自然而然的事。从小学、中学、大学、研究生，再到职场，每一步似乎都走得稳定而顺利。但自然成长的背后，有许多周围人的付出。父母给了我顺利成长的基本条件：健康的身体和积极上进的心态、认真的态度和勤奋的习惯。爸爸教导我：干一行，爱一行，艺多不压身。妈妈教导我：走满天下端着碗，只喜勤快不喜懒。

小学是一个农村学校，老师大都是亦公亦农的民办教师，幸运的是，一个懵懂无知的我，遇到了一个温柔慈爱的老师，手把手地教我写字，一只温暖的大手握住一个孩童的小手。看，这样握笔就对了，你看字写得多好看啊！直到今天，我的字也是不好看的，但在老师的夸奖下，看着自己笔下写出来的字，觉得自己好厉害啊！一个真正喜爱孩子的老师，会在孩子心里播下积极的种子，一份真诚的鼓励，会让一个怯懦的孩子对自己的未来充满自信。农村小学老师没有大城市老师有那么高的学历，没有广博的知识，但他们大都有一颗爱教育、爱孩子的心。他们也一样将知识牢牢地传授给我们，给我们飞翔的翅膀上增添了许多羽毛。

初中是一个乡镇中学，让我记忆深刻的是，老师的无私奉献。那个年代没有校外的教育机构，一些学科竞赛都是由学校组织的。老师会在学生中挑选一些好苗子，在放学后增加两三节课的教学，对课堂上学的知识进行加深和拓宽。对于老师们来讲，这些课都是义务的、无偿的，但老师们每天都专门给我们授课，无怨无悔地付出。虽然他们家中也有需要耕种的土地，也有需要陪伴和教育的孩子。但他们看到我们的成长，看到我们在竞赛中拿回来的奖状，只有满心的欣慰，从来没有考虑过个人的得失。

高中是一个县城中学，从这里我开始了一些认识上的变化。县城生活和农村生活是有明显差异的，比如文学名著、课外读物、暖气、巧克力……对于农村的孩子来讲，我们接触到的就是书本，课外的读物很少，或者说是没有。有一次到一个同学家里，看到了满书橱的书，确实震撼到了我。小的时候就听奶奶说，外国的生活情景是"楼上楼下，电灯电话，灯头火朝下"。对于一直生活在煤油灯环境中的她来讲，是很难理解灯头火朝下的灯是如何点亮的。就像我在一个滴水成冰的冬天，听到老师和同学聊天：一件短袖就可以，穿薄毛衣就有点热了。我紧了紧身上的棉袄，搓了搓冻僵的手指，无论如何想象不到零下十几度的冬天，是如何做到穿薄毛衣就有点热的。你有目标大学吗？有一次一个同学问我。上大学就行了，大学还会有区别？我好像只知道上了高中要努力考大学，在填报考志愿的时候，我才模模糊糊地知道了有不同的大学、不同的专业。

人的认知是与生存环境相关的，并不能从一方面认知的多少，来判断一个孩子的聪明和能力。所以费孝通说：乡下孩子在学习上，比不过教授们的孩子，教授们的孩子，在捉虫上比不过农村孩子，在智商意义上是相同的。并不见得来自大城市，来自知识分子家庭的孩子，一定都比乡村孩子聪明。但也不得不承认，人的认知在一定程度上会影响你对未来的选择。比如我在不太理解大学分层的情况下，根据家里的经济条件选择了一个收费较低的政法大学。如果依现在的认知，肯定会选择一个自己更喜欢、更适合自己的大学和专业。

大学里学的专业是法律英语，这是一个培养高层次法律人才的专业：懂经济、懂法律、懂外语，为涉外诉讼培养人才。可是对于刚上大学的我来讲，既没有学好英语，更没有学通法律，法律和英语都处于一个半懂不懂的状态。英语的学习对我来讲也是一个巨大的挑战，在县城的中学里，学的是哑巴和聋子英语，不会读、听不懂。听读基础的缺失和经济上的压力都对学习造成了一定程度的困扰。听力课上提问会让学习一向优秀的我面红耳赤地说sorry，每次听力课都担心、紧张，然后越紧张越是听不懂，就这样懵懵懂懂熬过了一学期。练听力需要买听力磁带，对于每个月只有一百块钱生活费的我来讲，十几块钱一盒的磁带又是一笔不小的开支。在如此双重压力下，大学阶段的学习生活似乎没有那么美好。但随着自己刻苦努力的练习和不懈的坚持，终于在大学毕业时，获取了当时为数不多的英语专业八级证书和数额不菲的奖学金。

大学毕业后选择了就业，第一份工作是在机关单位。初入职场的我接触了与学生时代完全不同的生活：需要你解决问题，而不仅是学会现有的知识。在工作中，要有自己的工作思路，必须在自己的职责范围内找到最优的解决方案，要弄清楚工作目标和制度流程，如何在现有的流程中达到自己的工作目标。在遇到难题时，要把碰到的困难及时反馈给领导，并寻求更多的资源来解决问题。这些都是学生时代不会碰到的问题。好在领导都是工作经验丰富的老大哥，他们教我遇到问题时应对的思路，撰写文件的要求和格式，如何快速地拿到自己需要的数据，学会和人打交道、学会处理事情、学会写公文材料。

现在的毕业生，普遍存在进不进体制内工作的困扰。我在体制内工作过，考研后在外企、私企都工作过。我的想法是：工作有待遇高低、没有好坏之分，就看自己的性格和工作岗位是否匹配。体制内的工作，有现成的工作流程，有标准的工作模式，需要遵守工作纪律、按领导的要求完成任务，工作相对来说比较稳定，面临的挑战和压力相对较小，因为无论工作做得怎样，只要不违纪违法，失业的可能性很低。但在外企和私企就不一样，需要你承担更多的工作，需要有自己的想法，需要有效地解决问题，如果工作达不到预期绩效会有失业的风险。体制外还有一个风险：即便你工作得再好，也会因为业务调整存在被优化、被失业的风险。这两类工作都要认真对待，体制内对文件审核的要求会更高，甚至不允许出现一个标点符号的错误。

关于感恩

首先应该感恩时代。有人说新中国最幸福的一代人是1965到1975年出生的人，没有挨过饿，虽然吃不好；上得起学，虽然没有义务教育，但学费很低，大学也是国家培养，免费或学费一般也能承担得起；买得起房，等到房价飞涨的时候，这一代人都已经福利分房或买房了，后来置换只是为了提升生活品质；婚姻以爱情为基础，在该结婚的年龄，大家都没有太多钱，所以物质条件对于婚姻没有太多的影响。所以我感恩这个时代，让我们通过自己扎扎实实的努力，就能够过上幸福的生活。我和我先生都是这个时代出生的人，我们自认没有过人的本领，能够安稳幸福地生活，大多来自于时代的馈赠。

其次应该感恩父母。我出生在一个农村家庭，虽然新中国倡导男女平等，但直到现在某些地区和家庭，或多或少存在一些重男轻女的现象。在我家男孩女孩是平等的，很多农村家庭不论女儿学习成绩多好，就是不让上大学。我妈妈的想法是：只要考上就供，累死也心甘情愿。在父母披星戴月的操劳下，我有了上大学的机会，不仅开阔了视野，而且有了更多的选择机会。

还要感恩生活中遇到的贵人。无论是亲人、同学、老师，还是职场领导、同事，以及各种机缘巧合遇到的各类朋友，或给予人生方向的建议，或给予工作生活上的指导和帮助，或给予物质、精神上的支持和鼓励，或给予无条件的信任和关心。这所有的一切，让我这样一个单纯甚至有点幼稚的人，能够在这个纷繁复杂的世界上找到自己的一席之地，获得幸福快乐的生活。

更要感谢我的先生和孩子。先生是一个心地干净温暖的人，他见不得世上的不平和丑恶，甚至会主动屏蔽一些让他觉得恶心和丑陋的人和事。他细致周到的照顾，让我的生活简单而快乐。孩子是一个体贴、善解人意的女孩，有自己独立的思考和正确的价值观。从小就是贴心小棉袄的存在，会不舍得妈妈累、不舍得妈妈哭、不舍得妈妈受委屈……长大后知道通过自己的努力来获取自己想要的生活，对自己有要求、有想法，让我这样一个不善于操心的人，收获了一个优秀的北京宝宝。

最后感谢北大校友、全国政协文史委副主任、中国版权协会理事长阎晓宏先生题写书名，感谢著名的军旅作家贺茂之将军主动为本书作精彩序言，两位领导、首长的提携帮助，让我们一家三口受宠若惊；感谢作家出版社、感谢李亚梓老师的全程指导；感谢绪飞和天舒的画作为本书增色不少。

  人生的路还很漫长，现在写不虚此行似乎早了点，但现在的我活得踏实而幸福、简单而快乐、平实而满足、忙碌而充实，已经称得上不虚此行了。

  承蒙您阅读至此，期待您的批评指正，但愿彼此都感到荣幸和愉快！

2024 年 3 月 16 日于北京海淀

图书在版编目（CIP）数据

不虚此行／褚夫玮著．--北京：作家出版社，2024.7
ISBN 978-7-5212-2908-0

Ⅰ.①不… Ⅱ.①褚… Ⅲ.①诗集-中国-当代
②散文集-中国-当代 Ⅳ.①I217.2

中国国家版本馆 CIP 数据核字（2024）第 110192 号

不虚此行

作　　者：	褚夫玮
责任编辑：	李亚梓
封面设计：	琥珀视觉
封面题字：	阎晓宏
内文插图：	绪　飞　褚天舒

出版发行：作家出版社有限公司
社　　址：北京农展馆南里 10 号　　邮　　编：100125
电话传真：86-10-65067186（发行中心及邮购部）
　　　　　86-10-65004079（总编室）
E-mail:zuojia@zuojia.net.cn
http://www.zuojiachubanshe.com
印　　刷：唐山玺诚印务有限公司
成品尺寸：145×210
字　　数：138 千
印　　张：9.25
版　　次：2024 年 7 月第 1 版
印　　次：2024 年 7 月第 1 次印刷
ISBN 978-7-5212-2908-0
定　　价：78.00 元

作家版图书，版权所有，侵权必究。
作家版图书，印装错误可随时退换。